# 浮草

ChotAro
KaWaSaki



川崎長太郎

P+D
BOOKS
小学館

# 目次

# 浮草

# その一　浮　草

もう、二十余年前のことになります。当時、捨六さんは二十九歳、私は二十歳でした。

東京から、小田原の町端れに移転してきましたが、土建ブローカーの下廻りのようなことをしていた父の目算《もくさん》外れ、殆んど夜逃げ同様、前いた東京・本所へんの棟割長屋へ一家が引揚げたあと、私一人、小田原にとどまり「ゆたか」と云うカフエへ女給として住込む運びになりました。小学校を終えてから、町工場の女工、堅気の家の女中等、いろいろした覚えはありますものの、徳利握つて、客の機嫌とる勤めは私に始めての経験でしたが、馴れにつれさまで苦でもなくなつて行き、酒類はまるきりいけない口でしたが、下町育ちの娘らしく、又文字通り立《たて》板《いた》に水と云つた工合によく喋る父親の血をひいた者らしく、格別ひとみしりもしなければ、結構客と調子合わせて行けるコツをも生得のみ込んでいるみたい、底は浅いが間口だけ広い女として、水商売の明け暮れが日まし身につくふうでした。店の客種はあまり上等でなく、ウィスキーなど舐《なめ》る向《むき》はごく稀れで、三人で一本ビール平げると、早速大唄を始めるような手合いが可成《かなり》多いようでした。そんな中で、芸術院の同人である彫刻家、その人の友人で、彫刻家のアトリエの傍の小屋に住まつて自炊生活し、彫刻家の作る軍鶏《しやも》、兎等を下げて町中、近在へ持ち歩き、手数料でカツカツ暮らしている、びつこで妻子のないAさん、東京の中学の絵の教師をし、油絵を描きにちよいちよい小田原へやつてくる、六尺豊かののつぽうのBさん、それから月々僅かながら、パトロンの仕送りうけ好きな絵を描いたりしている肺病人の洋画家等、としはみんな四十歳前後ですが、申し合わせたように頭髪をオール・バックにしているこの連中は、金使いの点、決して香《かんば》しくありませんでしたが、商人、職人、近在の小金持の百姓衆とは、おのずから雰囲気を異にしているところがありました。女工していた時分、メーデーに加わつたこともあり、小説類や短歌等読むのを、いつとはなしに好んで、わけても大の啄木ファンと云う塩梅式だつた私は、段々土地の芸術家連に馴染んで行き、先方も五尺少しの上背に、体のつり合いがわりとどとれているだけで、色も浅黒く、顔は曲もなくまん丸く、頸はそいだように細い、美人でもなんでもない私を、いつ風変つた女とみ、何かとちやほやしてくれる模様の、一向チップにはならないこの人達の為め、女将の目をごまかし、ちようしの一二本は自分から都合つけるような仕儀になつて行きました。

あたまを、ゆいわたに結《ゆ》つた正月の、松がとれてから間もなく、一寸したことから、「ゆたか」のあるじと喧嘩し、店を止めました。が、東京・本所の親共の家へ引き揚げるのも、なぜか気がすすまず、外のカフエへ住み換えることも二の足踏んでいた矢先、たつてと云われるまま、Aさんの小屋へ身を寄せる始末となりました。今日から思えば、よくもそんな向うみずな振舞いが出来たかと、あきれる外ないのですが、その晩の裡《うち》、私はAさんの云うがままになつておりました。肉体の交渉など、握手するのと五十歩百歩、とそんな簡単なこと位に心得ていたものでした。もつとも、カフエにいた時、酔客の口車《くちぐるま》にうまうま乗り、手軽に処女と云うものを失つていましたが、そのあと又ケロリとしていたような女でした。それはそれとし、友人の木彫を、月にひとつふたつ売り捌いて、僅かな謝礼で生きている外、格別能のないAさんとの、赤い畳が二枚敷いてある狭い小屋での起き伏しは、何んとしても肩身の狭い思いでした。外を一緒に歩く時は、義足を穿いているような連れのびつこが余計気になり、ひとにうしろ指さされる気持でした。Aさんは、はんごうで飯たきしていましたが、炊事から小屋の中の掃除まで、そつくりAさんに押しつけ、私はもつぱら懐手きめ込み、いわば虚勢のはり通しでしたが、こつちがいくら我儘勝手に扱つても、Aさんはただヒヒヒと云うような、ひしやげた泣き笑いを口もとに浮べるだけで、奴《ど》レイの如く立ち廻り、夜分寝た振りしている私の寝巻そつとはがし、片手にローソクもつて両方の眼を糸のようにしながら、二十の女の胸と云わず、下腹と云わず、太股あたりまで、丹念に舐めるように点検することもありました。

二月の月はな、「ゆたか」の常連の一人だつた、近在の天神髭生やした村長の祝宴が、土地の料理屋で開かれました。その席に、芸術院会員の彫刻家、AさんBさん等の顔もつらなり、私のところは、兼接待役として加えられておりました。酒宴たけなわとなり、あちこちから詩の朗詠やら、村長得意の「城ケ島の雨」まで披露されだした頃　Bさんの云うがまま、私はそつと席を外し、二人は料理屋を抜け出し、その脚で旅館へ行き、一夜を過ごしていました。ことが露見するや、Aさんは、あのひとにもそんな激しい感情があつたかと怪しまれる位、大層な怒り方で、小屋の押入れに預かつていた、Bさんの描きかけのカンヴァスや、出来上つた油絵等、一枚のこらずびつこひきひき外へほうり出し、私の一個よりない風呂敷包も、ついでに足許へ投げて寄越す有様でした。Bさんの顔色も、流石になくなつていましたが、私はいつそ鼻先きで笑いながら、Aさんの荒れ方終始みているふうでした。

小屋から、歩いてものの五分とかからない、素人屋の二階六畳に、Bさんはカンヴァスや何かを移して、その日から、私はBさんの囲いものと云う身状に一変しました。四十をひとつふたつ出たBさんには、同いどしの妻があり、三人の子供までありましたが、Bさんの云うところによると、奥さんは相当ヒステリー気味の、夫婦仲があまりうまく行つていず、家の中のいやな空気をのがれんが為め、土、日にはわざわざ小田原まで絵をかきがてらやつてきているのだそうですが、絵の教師として、中学校から貰つている月給以外、別途収入とてないのに、私を別に働かせるでもなく、妾のように仕立てて置こうなどは、始まりから無理のようでした。が、こつちも、その方面の計算なんかうわの空、かねて「ゆたか」にいた時分から、背が高くて、頭髪《かみ》の毛を長くして、柔和な目に銀縁の近視眼鏡かけて、いくつになつても買い手のつかない油絵を描き続けている中年男を、脚の不自由なAさんより、ずつと好いていましたので、その愛人と云う約束が出来てからは、弾みのついたようなもの腰となり、七ツ道具背負つて写生に出かける際は、私も三脚など大事そうにかかえ、梅が過ぎ木の芽のふき出しかけた山路登つて行つたりしました。土曜に来ると云う、その日が待ちきれず、小田原から東京へ出ばつて、学校に電話し、Bさんをひつぱり出して、二人して春の陽ざしに霞んだ多摩川べりの土手を歩いたりしました。Bさんの上着のポケットは、路々買つた林檎や喰べもので、でこぼこにふくらんでいました。

そんなにしている裡、二階の貸し間に、捨六さんの来訪をうけると、私と云う女は、その夜の裡相手に体を委せているのでした。もつとも、捨六さんとは「ゆたか」で三四回逢つていた仲でした。啄木ファンの文学少女は、頭髪の長い美術家達を眺めるとは又別の眼で、捨六さんをみていたふうでした。ある先生のヒキで、二十四五歳の頃から、ぼつぼつ文芸雑誌へ短篇小説を書き出し、一時新作家として売り出しかけていたのが、プロレタリア文学の擡頭により、それまでの小説は悉《ことごと》くブルジョア文学と云う濡れ衣着せられ、十把一束に文壇から放逐され、駈け出しの捨六さんもその巻添《まきぞ》え喰つたかのように、作品は売れも書けもしなくなつてしまい、窮余に子供向きものなど手掛け出したがこれも却々《なかなか》銭にならず、下宿代はとどこおる一方の、あるじの前に低頭しいしい頑張つていた悪状態で、「ゆたか」へ現われた時だつて、自分で満足に勘定払つたのみたことがありません。そんな捨六さんの書いた作品、一度だつて読んでいませんでしたが、目下は腐つているにしろ、彼が文士であると云うことが、私の眼には一種の後光さす者とうつつたようで、小田原の実家で正月すべく帰省した折、店へみえると、私は自分の財布を捨六さんの前へ思わずほうり出すような芸当してのけていました。三ヵ日は、ゆいわたにしているから、是非みにきてくれ、などと捨六さんに云つたりして、その晩は別れましたが、正月になつてから、さつぱり姿みせず東京へ行つてしまい、今度はとうとう、カラ同然の行李や夜具類机、一切合財下宿へ置きッぱなし、体ひとつで実家まで逃げのびてきた捨六さんでした。

のつぽうのBさんは、あれから十日たつてもやつてきません。間代はひとつたまつているし、その他のみ屋あたりにも借金かさんでいますので、手ぶらでは小田原へ脚向けにくい勝手でした。そのBさんを、決して忘れているのではありませんが、留守を幸いとするように、私は毎日ほど、捨六さんに呼び出され、暗くなりますと、海岸と云わず、丘の木陰と云わず、ひと目につかないところなら、ところ構わず相手の云うなりになるようでした。哀れな落武者の捨六さんは、又焼けつく渇きに、それが泥水であろうと何であろうと見境なし、ただもう、のど潤すに夢中でした。その上、Aさんとは勿論、Bさんとの場合にも嘗て味わい得なかつた、絶え入るような恍惚感にその都度さそわれ、最早どんな意味からも、捨六さんを避けることなど、出来ない相談となつてしまいました。前の二人は四十男、捨六さんは三十前の青年、と云つた年齢の開きからくるそれでなく、はつきり云いますと、当人は意識しないまでも、捨六さんはあだし女の命とりになるある種のものを、持ち合わせているようでした。

先方も、私と云う者を手放し得なくなりました。で、ある夜、一緒に名古屋へ行こう、と捨六さんが云い出します。東京をあぶれた身だし、猫の額のような小田原では生活することは困難だし、名古屋なら、自分が就職出来、貧乏世帯にせよ、持てるかも知れないという口でした。

幸い、その地には、捨六さんが在京時代、懇意にしていた年下の友人が、大学を卒《お》えてさる新聞社に勤めており、その人をたよる手蔓もありました。女給でなし、妾でなし、裏長屋にせよ一軒の世帯持てるとは、Bさんには重々義理が悪い思いながらも、私として否み得ようないさそいです。又行摺りな、いつ時《とき》の浮気沙汰でなく、そこまで思い詰めてくれた捨六さんの気前にもほだされてしまいました。これまで、ひとり口塞ぐに容易でなかつた捨六さんは、東京の玉の井や亀戸と云つた巷へ折々出没していただけで、夫婦生活なるものには全くの未経験のそれだけに私と云う女と出来たところで、いつ足とび一途な気持にかられたのでもありましよう。とまれ、Bさんが小田原へ現われない裡にとばかり、捨六さんは東京へ戻ると嘘をつき、実家から十円を貰いうけ、私も一帳羅の明石の単衣《ひとえ》を曲げて僅かな金をつくり、親共へはことわりなし、二人してひとつずつ小さな風呂敷包下げたりして、手に手をとるように下り列車へ乗り込み、桜の咲きかけた小田原を後にしました。ひと脚違い、金の工面《くめん》ついて、Bさんがやつてきましたが、既にあとの祭り、二人は無事名古屋へ到着しておりました。

○

知人Kさんの家は、市内の目抜き通りの裏側にある、瓦ぶき総二階と云う、可成手広い住居でした。ひと先ず、その家へ草鞋《わらじ》ぬいだ二人は、Kさんの居間になつている、二階の六畳に枕を並べる模様となりました。

Kさんの両親は、六十に間のある人達で、お父さんは名古屋でも一二と云う大きなカフエを経営していました。相当開けた人物らしく、Kさんに紹介された駈落ち者みても、さのみいやな顔はされませんでした。

中学校さえ出ておらず、文章がどうにか書けると云うだけの特技とてなく、体だけ丈夫が取得とあるような捨六さんの履歴書は、Kさんの勤先の新聞社や、その父親の息のかかつている会社等へ、三四通提出されましたが、昭和初年の不況時代のこと故、却々耳よりな返事がなく、一週間たつても、さつぱり雲を摑むようでした。で、うかうか、二人鼻揃えて、Kさんの家の厄介になつているのも心苦しいと、捨六さんは小さな声で、私に女給になるように切り出しました。そばにいたKさんも、ひと膝すすめ、捨六さんと口を併せるもののようです。名古屋くんだりまで出かけてきて、又女給かと私は一寸眉を寄せましたが、捨六さんに恰好の仕事が見つかり次第勤めは止める、それまでの辛棒だからなどと因果含められ、渋々承知の返事したものの、何分着ているものとて、くたびれたまがい大島一枚きりではと云いますと、Kさんがその心配はいらない、着物から帯までそつくり貸す店がある、そこはお父さんの顔で頼めば二つ返事で承知してくれる云々と、こつちの尻をたたくふうにしますので、私も決心しましたが、そうと話が定まると、今度は捨六さんが、私がカフエへ住み込み、二人が別々の屋根の下で寝起きするようになつたが最後、私達の仲はそれッきりになるもののように早合点してしまい、小心でどこかまだうぶなひとは、その夜ろくすつぽ眠り得ないようでした。

まん中に、鶴の噴水のある公園近くに、細長い灰色した事務所のような、ビルがあり、一階は天井に桜の造花あしらつた酒場、二階は食堂、三階は宴会場と区切られて、そこが「光陽軒」でした。春のコートに、しやれたグレーの合着、頭髪も靴もテカテカ光らした、歩くと左の肩がぐいと高くなり、いくらか蟹股のKさんに連れられ、赤くなつた黒の背広、よれよれのネクタイにひびの入つた短靴穿く小男の捨六さんと、まがい大島の羽織・着物に、形の崩れてきたゴム草履突ッかけ、薄いいく分赤味のさす髪を、無造作にうしろへ撫でつけ、顔も簡単に手入してあるだけの私は、細長いビルの前までやつてきました。途中、捨六さんは未練たらしく、もう一度住込みでなく通勤と云うふうに「光陽軒」の支配人へ頼んでみてくれと、再三Kさんの袖にぶら下るようでした。私は、いつそその意気地ない姿がみておれず、二人が別々になれば、早速仲が割れてしまうものと心得、気が気でなくなつている捨六さんを、哀れと云うより見下げてやりたいようでした。

ばさばさ、のびッぱなしになつた長髪へ、廂《ひさし》がぐらぐらしている鳥打帽あみだに載せた捨六さんを、一人ビルの前へ置き去りに、Kさんと私は「光陽軒」へ這入つて行きました。紹介者が懇切な口利いてくれましたが、当分通勤は駄目と云う挨拶で、間もなくKさんは左の肩怒らせながら引取つて行き、その場で監督さんに、私は顔の塗り方、サーヴィスの要領等嚙んで含めるように教えられました。

日の暮方近く、面会人がある由告げられ、出て行つて、捨六さんにぶつかりますと、捨六さんはいつぺんに、見てはならないものをみたと云うみたい、痩せこけた赫ッ面苦茶苦茶ッとさせ、穴へでも這入つてしまいたいような相好に変るのでした。それもその筈です。午《ひる》頃までとさま変り、私は藤色の人絹の着物着せられ、臙脂《えんじ》の帯を胸高にしめ、桃色の縁のついたエプロン姿と早変りしているばかりでなく、監督さんの指図で、水おしろいを二度も三度も壁土のように塗りたくり、面でもかぶつたような真ッ白い顔でした。これを眺めた、捨六さんの顔つきの歪み方に、こつちも瞬間、唇の端《はし》ひきつる思いでした。と、出がけ、Kさんの部屋へ忘れてきた、私の粗末な化粧道具の入れてあるブリキの小箱を私へ手渡しし、逃げるように行つてしまおうとする捨六さんの片腕つかまえ、私はひと息に三階まで駈け登り、そこに女給さんが包みやパラソルなど置いて置く、狭苦しい場所へひつぱり込みました。

　思わず、二人共肩で息しながら、暫くしますと、

「低気圧が来たよ」

　と、捨六さんは、聞きとりにくい位な小声です。穏かそうでないそのもの謂に、

「何か変つたことあつたの？」

　と、背丈は、丁度同じ位な相手の顔のぞき込みました。

「Kの家へ、置いて貰えなくなつたんだ」

　と、捨六さんは、ふくれッ面の半分口の裡です。

「光陽軒」を出てきて、二人一緒になると、その脚でKさんはお父さんの経営するカフエへひ

つぱつて行き、今夜からそこへ移転するよう、と捨六さんに云い渡した由でした。

「ボーイに案内され、カフエの近くの理髪店の二階へ行つてみたんだ。四畳半に六畳で、そこら中床がのべッぱなしになつていたり、トランクなんかも、ほうり出されてあるんだ。男の従業員の泊り場所なんだね。そこから帰つてくると、Kがまた、めしは女給達がとつている仕出し屋の弁当を喰え、と云うんだ。無代ではと尻込みすると、Kはおッかぶせるように、女給は喰つたり喰わないだりだから、いつでも弁当の二本や三本、残つていると云うんだ」

などと捨六さん、いわば女給連の残飯にありつくなんかあんまり、と手放しで泣き出しそうな顔のしかめ方でした。世間馴れのそうしてない点で、彼と負けず劣らずの私も、ことの意外に胸塞がる思いで、

「じや、ご飯、外でたべたら？」

と、幾分、しめッぽい言葉遣いです。

「そう出来れば有難いんだが——」

「ここの店、私達、日に五十銭ずつ収めるの。着物代や、ご飯の代とるのね。あなた。一円あれば外でたべられるでしよう。いくら少くても、日に一円五十銭のチップ、あると思うわ」

と、云いながら、エプロンのポケットから、五十銭銀貨一個つまみ出しました。みて、捨六さんの眼の尖《とが》り方が又変りました。

「やつぱり、晩方がいいわ。毎日、一回とりにいらつしやい」

「済まない」

と、眼頭硬くし、頭を下げながら、捨六さんは私の手から銀貨を受取り、狭い場所を出て行き、すぐ私もあとから続きました。さつきから、廊下を行つたり来たりしていた、白い詰襟の男は、二人の様子みてみぬ振りでした。崖路でも降りるみたい、階段を駈け降り、酒場の出入口で別れました。次の日も、暮れ方に、捨六さんは小柄な体を余計縮こませるような恰好して、呼び出しにみえ、銭をとりにき、その時うまい工合に、Kさんの友人が借りている六畳に、当分寝かして貰えることになつたと云つておりました。

「光陽軒」へ出て三日目、始めての遅番で、二時までに店へ戻ればいいとあり、捨六さんとしめし合わせ、鶴の噴水のある公園で、二人は落ち合いました。私は女給の合宿所から、まつすぐやつてきたのですが、貸衣裳はそつくり棚に上げ、例のまがい大島に、買いたての白足袋はき、顔も粉おしろいであつさりたたいただけでした。

捨六さんの方は、頭のてつぺんから、足の先まで例の通りです。

市内では、客の目についてまずいから、郊外にしたかつたのですが、どこをどう行つたら適当な場所があるのやら、二人共始めての土地とて、皆無見当がつきません。仕方なく来合せた市電へ乗り、終点まで行つてみますと、流石《さすが》に郊外らしく、一本筋に通つた街道の両側に並ぶ家も小さく、やがてまばらになり、菜の花畑の多い田圃がひらけ、畦道づたい、若緑のクローバーが密生しているあたりへ出、私はぺつたり腰を降しました。二十そこその若い身空でありながら、たつた三日間の勤めに、私は全身くたくたになつているようでした。朝方まで降つていた雨はあらまし上つていましたが、まだあちこちに雨雲が低く垂れこめ、安心出来ないような空模様です。

「今日は、私の愚痴聞いて頂戴」

と、折り目も何もなくなつたズボンを、二本の丸太ン棒みたいほうり出している捨六さんへ、すり寄るようにしてから「第一名古屋の言葉がよく解らないので、恥ずかしい目にあう場合が沢山ある」とか「おしろいの塗り方を少し加減しても、監督さん文句云うの。そんな、みつともない位塗つてまで、自分の心を殺し、みず知らずの客の機嫌とるの、つくづくいやになる」とか「小田原にいた時と違つて、稼ごうとする気が強くなつたせいでしよう。お客のチップを変に気にするの。それも辛い」とか「そうよ。まだ名古屋の水にそまないからのことよ。でも、馴れてしまつて、ぎすぎすした女給になつてしまうのなんか、なおのこと情けないわよ」とか「それは解つているの。長いことじやない。あなたに職がみつかつて、うちが持てるようになる迄の辛棒でしよう。それはよく承知なんだけど、それまで持ちこたえそうにないの」とか、あれこれ云いつのる裡には「ね、私と死んで頂戴。死んで行くのミジメだわ。でも、こんなにして生きているのよりはましよ。私を本当に好いているのなら、死んで頂戴よう」と、細い眼の眼尻つり上げ、ヒステリーじみたうわずり口調になつてしまうのでした。聞手《ききて》の方も、ぎくッとした面相となり、次いでそれは余りなことと尻込みするふうで、結局ただ辛棒してくれの一

点張りのようでした。一寸、肩すかし喰つた勝手の、それでも云うだけ云つて、いくらか気分も落ちついてき、

「決して、あなたにお金やるの、いやじやないのよ。――せめて、通勤になればねえ。監督さんも、近所へ部屋みつかつたら、そうしてもいいと云つたわ」

「そうか。通勤でもいいッて、ね。すぐ部屋を探すことだな」

「ええ、店の近く、探して頂戴」

私のお天気の変り方に、捨六さんもほッとしたらしく、持ち前の笑顔になりました。

「まだ、蜜柑一つ残つているわ。たべない？」

「ああ、今日はいろいろ訴えられたね」

「ええ、聞いて頂戴。あなたに訴える張合いもなくなつてしまつたら、私ひとりで死んで行くわよ」

と、又しめッぽく鼻詰らせ、文学少女の生地あらわにするようでした。

町の方へ引き返し、名物のきしめんたべたりしている間に、柱時計がチンと鳴りました。あと一時間で「光陽軒」の敷居またがなければならないかと、私は急に気が滅《め》入《い》り、不機嫌になり出し、自分でも顔面の硬《こわ》ばるのが手にとれるようでした。ふと、そんな気になつて、捨六さんに、一人で先へ東京へ帰つてくれ、自分は二三ヵ月名古屋におり、稼いであとから行くから、などと云つてみました。と、又聞手の眼は立ちどころ曇つてしまい、うんともすんとも、もの

が云えなそうです。気詰りな空気のはだかつた喰べもの屋を出、来た時降りた場所から電車へ乗りましたが、わざと反対側へ腰をおろし、白眼がちに、不景気な鳥打帽かぶつた小男、ちよいちよい睨んでいました。「光陽軒」に近くなつたところで、私一人立ち上り、捨六さんの鼻《はな》面《づら》へ立ち塞がり、そッと皺苦茶《くちや》な一円紙幣握らせ、先方が送つて行こうと云つても、私は頑固に首を振り、電車が停まると、さつと降りてしまいました。心配そうに眉を寄せ、捨六さんは電車の中からこつちをじッとみていましたが、私は恨みがましい眼つきで一度振り返つたなり、さつさと歩き出しました。そんな素振りの裏がくめずに、それでなくとも気の小さい捨六さんが、どんなに気を廻し苦しむか、そのへんのことは思案の外と云つたていたらくでした。

次の遅番の日、朝早くから、Kさんの友人のいる部屋を訪問していました。障子をあけると、斜めに陽のさしこんだ六畳に、枕を並べてKさんの友人も、捨六さんもまだ寝ている塩梅でした。そッと、部屋へ這入つて行き、私は捨六さんの枕もとに坐りこみました。としで、まだ白髪こそ一本も出ていませんが、おでこの出ばつた額には、刻まれたように深い横皺が三四本通り、頬はげつそりこけて、落ちくぼんだ両眼閉じたその寝顔は、何んか死面を思わせるようないやな翳があり、やつぱり捨六さんも楽している訳ではないのだ、と知らず、私の眼の裏がうるんでくるようでした。「あなた」と、息殺した声で云い、静かに二三度肩口を揺りますと、捨六さんは眼をみひらき、私がそばに坐つているのに、びつくりしてしまつたようでした。私も、扇子を開いたように顔中を解《と》いてみせました。

傍に、寝ているのか、そのふりしているのか、Kさんの友達の手前はばかり、寝床を畳むもそこそこ、捨六さんは急いで顔を洗つてき、二人はこつそり六畳を出て行き、四月なかばらしい、陽気な日ざしに明るんだ路地を並んで歩いていました。私の下げている風呂敷包みには、林檎にバナナ、安物ながら男ものの靴下が三足くるんでありました。

「昨日は日曜だつたでしよう。迚《とて》も忙しかつたの。階段を何遍も何遍も上つたり下つたりして、しまいには足が棒のようになつちやつたわ」

と、私の口つきは大変軽く、名古屋へきてから始めて夜が明けたと云つたような上機嫌でしたが、捨六さんの方はそれほど浮き浮きしてもいません。

「今、八円ばかりあるの。桜は過ぎたけど、犬山城から木曾川眺める景色、素敵だと云うから、電車で行つてみましようか。――それとも、何かおいしいものたべる?」

「そんな贅沢しないで、ね。五円あれば半月の部屋代にもなるし、手付にもなるんだから、その方に使つた方がいいと思うね」

「ええ、そうしましよう。私、大事なこと、うつかりしていたわ」

と、云つて、どんな部屋でもいいから、今日中にとつけ足しながら、それだけの金を捨六さんの手に握らせました。受取ると、弁解がましく、鼻筋に皺を寄せて、自分の甲斐性のなさ、毎日私のところから貰つてくる金で喰いつないでいる、男娼の出来そこない然とした身の上を、たらたら、こぼすのでした。

「そんなこと云つちゃいやよ。男ッて、妙な誇りがあるのね。必ず女を養わなければッて云う。場合が場合じゃないの。あなたが、肩身の狭い思いしているんじゃ、私働き甲斐ないわ」

「でもねえ、あんまり――」

と、なおも捨六さんは、口ごもるふうでしたが、街すじはじめじめしたケチ臭い雑魚のくりごとなど、吹き飛ばすようなうらうらとした陽気です。傘みたいに手入れした枝振りの柳が、一間置き並ぶ大通りを、二人は有名な百貨店の方へ、ゆつくり歩いて行きました。

とりどりの、春着装つた男女が、花を飾つた店内に渦巻いています。私は、自分の身なりも、連れの恰好もてんで忘れてしまつたように、あちらこちら、きよろきよろと眺め廻しておりました。二階のとッつきに、色さまざまなパラソルが陳列されているのへ、殊の外視線吸いよせられ、

「あの、黒い地に白い水玉飛んでいるの、あれいいわね」

「しやれてるね」

「あなたお金はいつたら、買つてよ」

「ああ、うん」

と、捨六さんにすれば、そんなにあいまいに言うしかないのでした。私は化粧ばけに眉墨買つて胸もとへ押しこみました。

エレベーターで六階へ上り、そこの食堂で差し向かいの位置にかけ、寿司しる粉を平げて、

出ると又二人は寄り添いながら、屋上庭園の方へ登つて行きました。

○

素人下宿の玄関をはいつて、すぐ左手の六畳、蒲団《ふとん》つき月十二円と云うのを、探し当てました。畳表も、ところどころすりむけ、貸して呉れた二枚の夜具始め、文字通り煎餅蒲団で、寝ると背中が痛くなるような代物でしたが、名古屋へやつてきて、丁度十五日目に、ようようのこと二人だけの部屋を持てた私達は、贅沢な不足云うどころでもありませんでした。

早番の時は午前十時、遅番の日は午後二時、「光陽軒」まで、下宿から歩いてものの十分とかかりません。帰りは、大抵夜中の一時頃になり、捨六さんが店の前まで迎えにきていることもありました。私は、パンや、寿司や、西洋菓子や、客から貰つた上等の煙草まで持つて帰り、湯茶もなし、二人は座蒲団代りにのべた蒲団の上へ楽な坐り方し、ままごと然とたべたりして、それからいつも横になるのでした。

遅番の時は、二人揃つて、そんなに遠くない百貨店へ食事しに行き、時には私の化粧道具を買つたり、捨六さんのワイシャツ求めたりし、帰りがけ草花の鉢など下げていることもありましたが、捨六さんの赤くなつた黒の背広、私のくたびれたまがい大島は、依然として着たきりと云つた有様です。多い日で四円、少い日で二円位のチップでは、二人で好きなもの喰つたり何かしてしまえば、蓄えらしいものすら出来ません。

もともと薄い髪の毛の、前の方が段々少くなつて行きました。毎日、店でコテを使うからです。通勤出来るようになつて、ひと息つくと一緒に、どちらかとすれば水商売向きのたちであるらしい私は、日まし「光陽軒」の酒場の空気がしつくりして行き、自分の方から、名古屋弁使つて客を吹き出させるようなまねしてみたり、酒も煙草も両方駄目なのですが、小田原の「ゆたか」で覚えた下地もありますこと故、客使いも如才なくすらすら運べるようになりました。三人でビール一本飲むと、すぐさま大唄をやりだすような面々はここにみえず、ちやんとした背広姿の商人、会社員、又土地柄か金釦の大学生がわりと多く「ゆたか」あたりとは別天地のような趣きでした。

店が看板になると、貸衣裳の藤色した人絹の着物等は棚にしまい込み、自分の着物に着換えて、壁のように塗つてある顔を洗い、改めて粉おしろいはたいたりして、夜更けの道を通り、商業学校の大きな建物の前にある下宿へ帰つて来ます。そして、例の夜食ともつかないものを、捨六さんと頬張つたりして、床に這入るのですが、疲れたろうとか何んとか云つて、こつちをいたわるひとに抱かれながら、店にいる時とは又人間が変つたみたい、「今日は暇だつたから、女給達が皆して、レコードにあわせ流行の西洋踊りを習つた」とか「仲よしの女給と、階段の下でそッと焼き鳥たべたら、滅法《めつぽう》うまかつた」とか「お客に無理矢理、ミリオン・ダラー飲まされてふらふらになつちやつた」とか「明日から『光陽軒』で生ビール売出す、あなたもどこかでお飲みなさい」とか「ピーナツを入れる銀の小皿を学生にやつちやつた。ペン先を入れて置くにいいですッて」とか、子供の日記の文句みたい、その日その日の出来ごと些細喋つて聞かせ、軈《やが》て体臭のいやと強い男の腕の中で、甘い安らかな眠りに沈んで行くのでした。日がたつにつれ、日記の文句はこんなふうに変ります。「今日ねえ、コーヒー一杯でびつくりする程チップ置いて行つた人がいたわ。高等学校の生徒なの。その人、今日で五六回目だけれど、そりや色の白い羽左衛門を若くしたように美少年なの。この前きた時、つい私、あんた役者のようねッて、ほめてしまつたわ。大学が近くに沢山あるせいか、金釦昼間随分くるの。チップは少いけど、私学生さん好きだわ」とか「ゆうべも話したでしょう。のつぽで、色の黒い医大のTさんね。今日もきていて、来月の公休に、河口の遊園地へ行き、ボートに乗せてやろうと云うの。私、喜んで約束しちゃつたわ。行つてもいいでしょう。――それまでに是非セルの着物とパラソルがほしいなあ」とか、或は「夕方だつたわ。私の前に名刺を置いて、お小遣い必要な時は、いつでも電話をかけろッて云うの。金縁眼鏡かけて、青い大島着た、株屋か何んかみたいな中年者なの。チップも二円置いて行つたわ」

　私にしては、何も捨六さんにあてつけがましく、そんな動静喋るのではありませんが、聞く方の身になればただうんうんと、鷹揚に落ちつき払つて、聞き流してもおられぬ道理でした。生《なま》返事が、いや味なまぜかえしになつたり、わざと空耳《そらみみ》走らせたり、時には喋り手がひやッとする位、こわい眼つきで私を睨みつけたりして、自然と私も無邪気に客の噂や好いたらしい学生さんのことなど、持ち出しにくくなりました。そうしますと、目にみえて、二人の間にわだかまりのようなものが、日まし出来上つて行くような工合です。――私が店へ行つている間、捨六さんの方は一体何しているのかと云いますと、一日に一度、図書館へ出かけるようでした。遅番の日、私も連れて行かれたことがありますが、公園近くにある、赤い屋根の小じんまりした建物でした。いつも閲覧者はごく少いらしく、白いカーテンめぐらした読書室は、都会のまん中とは思えないほど、もの静かでした。が、捨六さんは、一時間と、そこに落ちついて、本など読んでおられないらしい。自分で、ものを書いてみることなんか、今日この頃は、すつかり忘れてしまつたようでした。用もないのに、廂のぐらぐらな鳥打帽かぶつて、百貨店のひとごみの中を行つたりきたり、安い映画館の暗がりでうかうか時間潰したり、ポケットに両手を突ッこみ、背中を余計猫背のように、盛り場をただあてもなくほッつき歩いたり、私がいるので、その日の喰うこと、寝る場所に心配ないだけの、まるきりルンペンとみられても仕方ないような有様でした。友人のKさんとは、それでも時々逢つているらしく、三四通届けてある履歴書の結果も糺《ただ》してみるようですが、体だけ丈夫で外にこれと云つた取得のない男の拾い手など、名古屋にも却々見つかりそうもありません。

例の夜食ともつかないものたべたあとでした。何時になく、捨六さんは煎餅蒲団の上へ、膝頭きちんと揃えて坐つており、落ちくぼんだ眼を苦茶苦茶ッとさせながら、

「今月一杯でここを引揚げようと思つているんだが」

と、半分呻《うめ》くような切なそうなもの謂です。

「今月一杯といったって、あと十日ありやしないわ」

追求しますと、Kさんをわずらわした求職運動の結果が、全然思わしくなさそうな次第、述べました。

「だから、名古屋を引揚げて、どうすると云うの。小田原へ帰ろうッてつもり？」

「小田原は駄目だ。——東京へ行くんだ。お前も一緒に行くね」

と、言葉つきは、別段角ばってもいませんが、捨六さんの眼の色に、せっぱ詰った尋常でないものがちらつくようでした。

「ええ行くわ。でも、名古屋でも駄目なのに、東京へ行ったからって、大丈夫かしら」

「東京には、ここと違って、知っている人が沢山いるんだ。雑誌社だって、通信社だってうんとある。——俺に学歴がないから、普通の勤めが無理なら、書くもので何んとかやって行くつもりだ。今度帰ったら、見栄も外聞も捨てて、金になるものなら何でも書き飛ばしてみるよ」

「そんなに云ったって、あなたはついこの間、荷物をそっくり下宿へ置いて、体一つで小田原へ逃げてきたばかりの人間じゃないの」

と、までは流石に、私の口から出ず、東京へ舞い戻れば何んとかなるつもりでいる、捨六さんの必死な面相、半信半疑に見ているしかありません。よしんば、東京へ行ったって、この前同様駄目だ、絶対に喰えないぞ、とおどかしつけても、捨六さんとしたら、この儘べんべんと名古屋にいたくもいられなかつたでしよう。と云うのは、一日のびれば、それだけ私と云う者が、彼から離れて行く。危い瀬戸際にいる。小田原で、もののひと月たつかたたない裡、ぴつこのAさんから、のつぽうのBさん、それから当の捨六さんと、三人の男の手から手へわたつてきたような水性の女を、毎晩寝に帰つてくることはくると云う条、酒場へ放ち飼いにして置いたら、どうなつてしまうか、捨六さんにすれば気が気でないに相違ありません。私と云う女を、必要とする以上、落ちついていられる訳はありません。で、東京へ戻つたつて、お前の注文通りには金輪際行かないぞッ、と誰か両手を拡げて立ち塞がつても、捨六さん、相手をその場に突き倒しても、私の襟すじひつ摑んで、この土地をあとにせずにはおられなかつたでしよう。

そんな苦しい胸のうち、そつと畳んでいるふうですが、大体のところ、顔色でこつちにも察しがつくようで、いつそ先手打つみたい、「ここで世帯が持てると云うなら別だけど、そうでなきや、やつぱり東京へ行つた方がいいわねえ」

と、私は幾分相手を見下ろしながら、調子合わせました。便りを怠つていますが、東京・本所には、小田原を夜逃げしていつた両親もいる訳でした。

「私と云う女いけないのよ。うちで待つている、あなたと云うものがあるのを承知で、つい目の前の客にフラフラしてしまうのね。私には、あんなところで働いていても、ちゃんと自分を護つて行ける力がない。――あなたのそばに縛《しば》りつけて置くようにしてくれなきや駄目だわ。そうして呉れないと、どうしても」

と、正直なところを、知らず捨六さんへ洩らしていました。生れついての多情者の行く末もそら恐ろしく「あなた、私がどんなになつてしまつても、見捨てずにつき纏つていて下さいね」と、呟きつつ、いつもより五つも十も老けたような複雑な面持ちでいる捨六さんへ、縋りつくような眼を向けるのでした。

その夜に限つて、店にいる時と同じ、壁のように顔を白く塗つたまま、口紅を唇からはみ出させたりして、玄関の横手の六畳へ帰つてきました。捨六さんは、もう横になつていました。私は、垢じみたゆかたに着換え、そのわきへ体を入れました。

「遅かつたね。もう、一時をとつくに過ぎているよ」

と、始めて、捨六さんは、口を切りました。穏かそうなもの謂ですが、どこか逆目立つた気配が読めるようです。

「私、疲れちやつたわ。Tさんなんか医大の連中が、遅くまで飲んでいたの」

こつちは、しやあしやあとしたものでした。

「昼間、私しかられちやつた。Tさんのお友達に、ね。私があの人を誘惑するんですッて。Tは体こそあんなに大きいが、珍しいほどうぶな男だから、吾々はみておられない。君に男がちやんとあるのは解つているんだし、いくら商売だからッて、手管は止めてくれッて。——私、だまつていたけど、腹が立つて仕様がなかつたわ。夜遅くなつてTさんがきたの。文句云つたの。文句云つたそのお友達も一緒なのよ。Tさん、沚もビールのむの。しまいに潰れてしまつたから、私介抱してやつた。なんだか私に介抱されたい為めわざと酔払つたみたいなのね。連れのお友達もフラフラになつちやつたので、監督さんが、皆を下宿まで送り届けたわ。私、つまんなかつた。Tさん一人なら、そこまで送つて行けたのに」

捨六さんが、どんな顔つきしているか、聞手のおも惑などまるで眼中にないふうでした。

「Tと云う学生がそんなに好きなら一緒になればいいじやないか」

と、毒気を帯びたもの謂となり、続けて捨六さんはいまいましげに、

「お前は、のつぽうが好きなたちなんだよ。絵かきのBも背だけは人一倍だつたからな」

そんなトゲ含んだ口上もこつちの耳には筒抜けみたい、

「そりや奥さんにはなれッこないわね。私がいくら己惚れてみたつて、よ」

「向うが惚れればなれるだろう」

「ただの、ステッキ・ボーイよ。金釦は携帯にいいだけのことよ。——でも、東京へ行く前、一日ゆつくりTさんと遊びたいわ。いいでしよう」

私は、ようやく、捨六さんの方にまつすぐ向きましたが、相手は棒のようになつています。

「ね、前の晩も云つたけど、私を『光陽軒』へ置いてくの、あぶないわ。そばに、しばりつけるようにして置かないと」

と、我に還つたような口つきになりました。

「東京へ行く金を早く造るんだ」

「私、あなただつて、本当に信じきれないの。なんだか、東京へ行ければ、すぐほうり出されてしまいそうな気がして仕方ないの。――どつちみち、私達の仲も長いことなさそうね」

「自分が、そう云う風だから、そんな気を起すんだ、――邪推だ」

「それ、神様に誓えて？」

「フ、ウンン」

「ああ、お酒が飲みたいなア。買つてこようかしら――」

○

次の遅番の日、私達は牛肉屋の二階で肉をつついていました。一見、睦じそうに、そうしていますと、欄間の柱時計が、チンチンと二つ鳴りました。あやうく、私は箸を落してしまいそうでした。午後二時には「光陽軒」に着いていなければならない規定です。

「私どうしよう」

牛肉は、まだ半分以上残つているし、いつか一寸遅れた折、監督さんから、今度遅刻したら、クビにするとか何んとかきめつけられてもいました。

「いつそ、止めてしまつたら」

「そうね。ええ、そうしましょう」

と、私は急に解き放たれたように、上体ゆすぶりながら、煮えた葱など、捨六さんの皿へとつてやつたり、始めました。

「私、あすこ止めるのなんでもないけど、すぐ東京行くつもり？」

「ああ、そうだよ」

「汽車賃はどうするの？」

「もう、Kに頼んである」

「Kさん、大丈夫？　あなたに、女給のたべ残した弁当喰えのッて、そう云つた人だけど」

「心配ないさ。金持の一人息子だ」

明日、名古屋を発つことにきめ、ゆつくり鍋のものなど平げ肉屋を出、「光陽軒」へは挨拶ぬきにして、映画館へ這入り、日の暮近く、下宿へ帰りました。二人には久し振り一緒に過す宵でした。私は、疲労が一度に出たようで、節々までだるいみたい、横になつていました。その近くで、捨六さんは、東京へ行つてからの計画を、いろいろ述べるのです。勤めるにしろ、又文を売るにしろ、何んにしても知つた顔の多い中央都市の方が心強いと、自らを励ますような口振りに、どこか溺れるものの藁と云つた調子も読まれないではありません。一応、口ではバツ合わせながらも、私のところは成行き委せと云つた、いつそ投げやりな所在《しよざい》なさでした。

翌日、揃つて、Kさんの勤先の新聞社へ行きますと、Kさんはいて、すぐ「光陽軒」へ電話して呉れました。先方も、格別引き止めるような気色ないみたいでした。夕刊のメ切り間際で忙しいから、晩になつて自宅へ寄れ、二人の汽車賃もその時にと、そそくさKさんは左の肩を怒らせながら、応接室を出て行きました。

名古屋へきてからざつとひと月、つもつた肩の荷が幾分軽くなつた思いで、二人はのんびり有名な城址を見物したりして、「光陽軒」へ向かいました。私が行つてくるまで、捨六さんは下宿で待つていてくれるように頼みますが、云うこときかず、「光陽軒」の四五間前までのこのこついてき、ようやく立ち止り、廂のぐらぐらな鳥打帽とつて、手の甲で額の汗など拭つたり始めました。空は、灰を流したようにうつとうしく、街路樹の若葉だけひと際冴えるようでした。

三十分ばかりして、「光陽軒」から出て行きますと、見かけは普通のビルのような、細長い建物の横で、檻の中の獣もの然と、そのへんを行つたり来たりしていた捨六さんは、文字通り待ちくたびれたとあるような、焦躁の色を顔中に漂わせています。

「私、もう一度『光陽軒』へ行つてきてもいいでしよう」

顔色うかがいながら云つてみました。

「えッ？　どうしてさ」

「遊んできたいの」

「もういいじやないか。帰つて、すぐ荷物を纒めなけりやならないし」

「お別れしてきたい人がいるの」

「いつ体、誰なんだ」

「羽左衛門のような生徒さん」

その人は、いつもの通り店にきていて、私が東京に行くことになつたと云うより早く、わッと泣き出してしまうのでした。そして、涙声で、行くな、行く代り僕と一緒に、どこかへ逃げてくれ、とまるで芝居を地で行つたような塩梅式です。私は暫く、ぽかんとしたきりでした。くることは、毎日のようにき、コーヒー一杯で随分なチップ置いて行つたりしていましたが、大して打ち解けた口きいた覚えもなく、どつちかと云えば、乙にすましていたような美少年が、場合が場合とは云え、こんな思い切つた台詞使おうとは、夢にも思いがけませんでした。で、こつちも、半分は芝居もどきに、いい加減な愁嘆装い、その場を繕《つく》ろおうとしていますと、そのひとは日頃から生白い顔を一層まつさおにし、眼角ひきつらせ気味、私が行つてしまえば、自分は自殺してしまう、とそんな文句まで口走るのです。私もつい妙な気起して、私には男があり、どうしても東京へ行かなければならないんだから、死ぬ気なら、この私の眼の前で死んでごらんなさい、と笠にかかりますと、みかねて、はたの女給さん達が、すつかり美少年に同情してしまい、口を揃えて、私の東京行思い止まれなどと、大変な騒ぎになつていました。

次第を話し、そんな訳だから、そのひとと公園へでも行つて、改めて、別れの時間持ちたいから、と頼みますが、捨六さんはもつての外とあるみたい、ぴりぴり額の癇癪筋けいれんさせ、

「いわば亭主のある女に、へんな、気起した奴じゃないか。一種の姦通だ。不道徳な奴だッ」

「それはそうかも知れないわ。でも、ちゃんと約束してしまつたし、この儘ほつたらかしたら、

あのひと引ッ込みがつかない――」

「幾度云つても、俺には何んとも、返答出来ないよ」

と、捨六さんは、こつちの云い分、一向にとり上げる様子みせません。当人にすれば、私の気性も気性、又満更芝居ばかりとかたづけにくい美少年と、最後の別れを公園へしに行つたら、その場で二人がどんな逆立ち振りするやもはかり知れない、と気がもめて仕方なかつたのでしよう。が、私は、そんな自分勝手ばかり押し通そうとする男が我慢出来なく、下宿へ一緒に帰ることは帰つていたのですが、赤い畳の上へ二人差向かいに坐りますと、

「じや、いいわ。実はね、あんな役者のような人より、私、Tさんとお別れして来たいのよ」

と、ずばり、開き直るようでした。すると、足もとに爆発物でもおッこちたみたい、捨六さんの顔色は、いつぺんになくなつてしまいました。

かねて、私の口裏から、のつぽうの大学生こそ油断ならぬ強敵と、肝に銘じていたに相違ない捨六さんでした。若しも、そのTさんと、今の場合、私が逢いでもしたら、それこそ百年目、とよくよく観念したことでしよう。口の中へ、いつぱい泥でも詰め込まれたように、捨六さんはただただ猪首ののど仏あたり、ぎくぎくさせるのみでした。

「ねえ、Tさんとこだけは許してくれるでしよう。随分私を可愛がつてくれたし、挨拶位して行かなきや、寝醒めが悪い」

と、幾分、挑戦的な口調になつていました。

「いいや、行かないでくれ」

と、嚙み潰したようなとめ文句です。

「そんな法ッてない。そんなにまで、あなたに譲歩する必要ないと思うわ。何んと云つたつて、Tさんとこだけは寄つてくるわ」

と、云い放ち、半分喧嘩腰でその座へ立ち上りました。

「時子、俺の気持汲んで行かないで呉れ」

と、捨六さんは、苦し紛れな息遣いです。

「いくらとめても駄目。そんなに手間はとらないわ。——行つてくるわよ」

相手の、おびえひるんだような顔色、尻眼にかけかけ、私が障子をあけようとした途端、

「殺すぞッ」

と、云う、呻くような金切り声です。私は、振り向きざま、わざとゆつくり、捨六さんの前へ引返し、

「殺すッて?」

と、口もとを、生血吸う獣ものようにひん曲げながら、同じ位な背丈の人の、鼻の先へ坐り込み、心持ちそり身になりました。

「殺すなら、殺してご覧なさいよう」

と、云うなり、上体をはすにし、自分の肩口で小男の胸もと、こづき出しました。そうしま

すと、捨六さんは段々、坐つたままあとじさり始め、とうとう小さい眼に一杯、涙をためてしまうのでした。

「なんだ。口先きだけで、殺すほど惚れてやしないじやないか」

と、私は、ツバでも吐くように口を尖らせます。

「その癖、自分の勝手ばかり通そうなんて、図々し過ぎるよ、全く」

と、思わず、下町言葉の啖呵でした。

「そう云わず、俺の気持になつてくれ。Tのところへ行けば、それつきり、帰つてこないように思えてならないんだ」

「そりや実際、なんとも云えないわ」

「何んにも云わず、俺を好いているのなら、この儘素直に東京へ行つて呉れ」

「いいえ、私一寸でも寄つてくるわ。Tさんところへ行くのが、あなたを愛していない証拠になるのなら、それでもかまわない」

捨六さんは、がッくり、うつむいてしまいます。

「あなただつて、そんなに私を好いちやいないんだ。小田原の手前、AさんやBさんなんかへの見栄《みえ》もあつて、私をここで手離したくないんだ」

図星射抜かれたところで、かえつて活を得たように、捨六さんは、両眼つぶつたなり、私を抱きにかかろうとする。その手を又、無下《むげ》に払い退けない私でした。近頃では、蒲団代りとま

りかつして聴、き行てつかつ乗は腰の私とるするす、へ膝の男たつかなもでいないてげ下見で

と横抱きにされているのでした。

そうなればこつちのものとあるみたい、捨六さんは急に声音引立たせ、

「いつかお前は、私がどんなになつてしまつても、見捨てずにつき纏つて居てくれ、と云つたことがあるね。又小田原をたつ前にも、自分を本当に相手にしてくれる人がほしい、と云つたこともあるね。そう云つたお前の言葉が、今の俺には力なんだ。矢張人間は、二人で死ぬまで一緒に行くに越したことはないんだ。――俺は、どんなことがあつても、お前から離れることは出来ない」

と、言葉を火のように、続けるのでした。それはあながち、その場限りの一時的な殺し文句とばかり云い切れない、ムキな無垢なものを含めているようで、一つ一つ、素直にうなずいている裡、私の眼頭も自然熱くなるようでした。

すつかり上気した顔を、捨六さんの胸へ押しつけ、うわ眼づかい、

「私、敗けちやつたわね」

「敗けるの勝つのつて――」

「でも、さつきの私の出方、あんまりひどかつたから、東京へ行つて、仇をとられるような気がするわ」

「そんなことなんか。――お前ばかり悪いんじやない。敵は、世間にも、自分の中にも居るんだ」

「ごめんなさい」

と、お辞儀して、私は捨六さんの膝からすべり降り、いそいそと、風呂敷へゆかたや何かを包み始めました。手付けとして置いた金が、その儘部屋代に変り、もう凋《しぼ》んでしまつた草花の鉢など残して、商業学校前の素人下宿から出て行きました。

Kさんの家へ、改めて挨拶に寄り、汽車賃借りて、私達は来た時と大して違っていないような身なり、互いに一つずつ風呂敷包下げたりして、名古屋駅へ向かいました。上りの夜汽車は、大へんなこみ方で、二人はデッキに立つたり、しやがんだりしていました。

——三十一年四月——

## その二　青　草

夜汽車で名古屋をたつた、捨六さんと私は、翌日、ひとの世話で、東京・牛込神楽坂裏の「曙館」と云う下宿屋へ落ちつき、下げてきた二つの風呂敷包を解きました。玄関を上つてすぐの四畳半で、畳も相当赤くなつており、床の間ふうのものもなく、往来に面した窓には目隠しが設けてあつて、ひのあたるのは朝の裡ごく僅かと云う部屋の、三食つき月一人三十円也の由ですが、私達はあいにく五十銭の持ち合せも覚束ない有様でした。

それが、三日ばかりたつたところ、捨六さんがおもてで、ひよつくりある雑誌社のひとにぶつかり、十枚ばかりの雑文の依頼をうけました。天の助けと、その日の裡、原稿書き上げ、「曙館」から歩いて十分位の雑誌社へ届け、即座に金と換えて貰いました。昭和初年の頃にしても、十五六円の稿料など、大したものではありませんが、それでもブリキの洗面器やら、歯磨粉等買つたり、花をつけている植木鉢まで下げてきたりして、又二日がかりで、睫《まつげ》の先綿屑で白くさせ、ハンカチのように小さい座蒲団二枚作つてみたりしました。

扨《さて》、お神輿は据えたものの、これから先、二人はどうして行くつもりか、私は勿論、捨六さんにしろ、はつきりした見当がつきそうにありません。早い話、晦日がきたら下宿の払いどうするか、それすら天の助けを待つしかない、と云つたふうな仕儀で、いつそ先のことは先へ行つてからのこと、当分はここにじつとしていようと構えるかの如く、捨六さんは表面、糞落ちつきに落ちつき払つているようでした。つい、み月ばかり前、早稲田の方の下宿屋から、体一つで逃げ出していたばかりであり、それまでも数年、下宿へ借金積みつみ、あまり売れもしない小説書いてきている、いわば前科者の捨六さんは、相手がそうした稼業の家だと、習慣上へんに度胸が坐つてしまうのでしょうか。私も、働きのない両親の手許で育つて、小学校を出る早々、町工場の女工となり、それから堅気の家の女中、カフエの女給等して二十一歳となつた者で、貧乏と云うものには物心つくからずつと一緒の女でした。捨六さんが、そんなふうにあぐらかくなら、こつちも却々負けていない様子でした。

映画もみにゆかず、盛り場などぶらつくようなこともせず、ひとつは小遣銭に乏しいせいですが、二人は朝から晩まで、日のあたらない四畳半に、うずくまり通しでした。それでいて、よくも退屈しなかつたか、と今日から思えば、実際不思議でなりません。轍《わだち》にあぎとう、二匹のフナの如く、互いの鱗《うろこ》舐めあつては、乾きを防いでいた、などと云つたら罰が当りましよう。つまりは、檻へぶち込まれた雄と雌が、さしずめ喰いものだけには不自由しないのをよいことに、狭い場所で好き勝手なまねしている、とみた方が図星のようでした。ともあれ、捨六さんも当時二十九歳と云う若さ、五尺少しのうわ背に、体重も十三貫そこそこの小男でしたが、額の皺こそ深けれ、白毛と名のつくものはまだ一本も生えていず、上歯下歯も立派に揃つていて、息のもれているみたいな口の利き方する心配などさらさらいらない、体だけはぴちぴちした身空でした。私のところも、背は捨六さんと大体同じ寸法の、目方の方はいくらか劣る痩せ型で、お世辞にも、顔が円くて眼が小さく鼻すじだけすつと高いが取柄の面相始め、美人の部類とは遠いものでしたが、まだ子をはらんだためしとてなく（あとで解つたのですが、私は生涯子に縁のない石女《うまずめ》でした）どちらかと云えば浅黒い肌の色艶にしろ、とし相当の光沢《こうたく》止めていると云つたふうでした。又、ある方面のサイズもしつくり二人は合つていて、気障な文句ですが、お互いの肉体に青春の火花散らせ、ただこれに酔つて、毎日も飽かぬ式のていたらくでした。時には、一糸纏わぬ恰好となり、四畳半のまん中にポーズする私を、少し離れたところから、捨六さんが原稿用紙の裏側へ、怪しげな絵に写してみたり、或は夜店で買つた小説本、横になりながら読み続ける私の傍で、子守り唄に寝つく赤児然と、聞いている裡に彼氏かすかな鼾声《いびき》たて始める夜などもありました。

コンクリートのわれ目に、おずおず生えた草が、それなりの花つけたかと云えましようか。ひとからは、何と悪しざまに踏みつけられようとも、私には実は満足のゆく明け暮れでした。捨六さんと関係が出来てふた月目に、私は女体にして知るみようりと云うものをまじり気なく満喫し、こう骨の髄までとろける思いでした。——小田原のカフエを止めて、Aさんの小屋へころがりこみ、半月たたない裡に、Bさんの妾と早変りし、それから間もなくのこと、都落ちして故郷へ舞い戻つた捨六さんへ身を任せ、手に手をとつて名古屋へ駈け落ちし、そこで捨六さんに仕事のないまま、私が二度目のエプロン姿となつてカフエへ出たのはよいとして、勤先へ毎日現れる学生さんへ、バウンド続けるゴムまりみたい、心傾かせて行く私をみておれず、そのままにして置けば捨六さん捨てられるのは時間の問題と、そこで私の襟首摑むようにも、又拝むようにもして名古屋をひき揚げ、ここ神楽坂裏の暗い部屋へひつぱり込まれ、起きるから寝るまで鼻突き合わせて暮すようになつてから、私は捨六さんにはつきり惚れてしまつたようでした。それを自分でも納得してみ、捨六さんへもそう云つていました。先方にしろ、小田原から二人で名古屋へ飛ぶまでは、せつぱ詰つた揚句の行き摺りごとに、毛の生えた位の沙汰だつたでしよう。あちらのカフエへ私が出てから、私が別の男へなびいて行つたについて、さんざん業《ごう》を煮やし、挺摺《てこず》る思いした手前も、一つは男の意地、事情知つた小田原の人達への面子問題でもあつたのでしよう。決して、ひと筋に、私と云う女を好いたが故の悪あがきとのみ受けとれはしませんが、兎に角知らぬ土地であんな煮湯のむ目あわせた女と、世間の風よけたところで、二人きり暮す裡、相手が日まし骨のないようなものに変つて行き、こつちがそれを注文すると、いつでもいやと云わず受け身の姿勢みせる、すつかり自分の手のうちの女みたいになつてしまつたと承知すれば、あながち悪い気のものでもないらしく、西の都会でこうむつた疵口《きず》も、いつとはなし塞がり加減のようでした。それと一緒に、捨六さんは男と云う者の地金あらわにし出し、何かにつけ亭主風吹かせる模様でもありましたが、私はもう、返答がえしの口さへ控え目勝ちの、一寸うたれでもすれば、いつそしびれるような夢心地覚えると云つたいい成仏ぶりで、よそ目にはからきしだらしないものになつていました。

うかうかと日がたち、軈て晦日が鼻の先へきました。捨六さんは、泥縄式にふらふらした腰を上げ、丸の内方面の雑誌社・新聞社を廻つてくると云うのです。耳よりな、原稿の依頼もがな、と云つた心づもりでした。帰つてくるまで、ひとり四畳半で留守しているのが、何としても心許なく、私は捨六さんと共々外へ出ました。月が変れば六月と云うに、捨六さんは赤くなつた黒い冬の背広、ひびのいつた短靴穿いて、ぼうぼうとのびた長髪に、廂のぐらぐらした鳥打帽かぶつています。私の方も、裾廻しの摺りきれたまがい大島の袷《あわせ》に、ところどころシンのはみ出した帯をしめ、足許の草履始め、コルクが欠けたりはみ出したりして、まるで古ぼけた草鞋みたいな恰好でした。

電車賃倹約する為、牛込から九段、神田、東京駅前を過ぎて、捨六さんは顔みしりの編集者や記者のいる建物へ這入つて行き、三四軒廻つてみましたが、十枚の文章書かしてくれる向きすらありません。二人は、しよんぼり、今度は電車に乗り、玄関わきのひのあたらない部屋へ戻りました。

帰るとすぐ、捨六さんは改まつたふうないずまいとなり、云いにくそうにしながらも、
「どうにかなるまで、又カフエへ出てくれないか」
と切り出すのでした。私にしても、こんなことになるのではないか、と前々から満更察して

いなかつた訳ではありませんが、云われてみると、いつぺんに眼の前が暗くなるような勝手で、第一こんななりではと、頸を振つて、いやいやしてみせました。ひとはセルか単衣と云うのに、着殺した袷が一枚看板とあつては、他人の前へ出られたものでもありません。

「じや、何とかなるまで、俺の家へ行つていることにするか」

と、穏かなもの謂ながら、畳みかけるようです。これには、私、早速乗り気になりました。小田原の海岸通りにある、捨六さんの実家の前を、一度通り過ぎたこともあり、二間半間口の小さな魚屋で、捨六さんの両親に、うちのあとをとつている二十歳前の弟さんと云う、ごく小人数な家族でした。

「私、置いてさえ呉れれば、どんな辛棒だつてしてみせるわ」

ひと膝のり出し、弾みのついた声色でした。

「あなたのお父さんやお母さんを、私もお父さんやお母さんと呼んで——」

私にすれば、願つたり叶つたりと云うところです。することは、よし女中のような仕事にしろ、入れて貰えれば、それでもうお嫁さんと云う訳でした。

「じや、そうするか」

と、捨六さんも、それにきめたような面持ちしました。が、いつ時たたない裡、よく広い額へ皺を寄せ、薄い眉を八の字にして、すぐ顰めッ面する癖のある捨六さんは、第一、二人して小田原へ行く汽車賃もなし、ここふた月あまり、ハガキ一本出していない実家へ、出し抜け私

同道《どうどう》で立現れるのは如何なものか、と渋々しりごみする口振りに変つて、

「それより、お前のうちへ、暫く行つていることにしてくれないか」

と、河岸《かし》を換えるふうでした。同じ東京の地続きに相違ない、本所の棟割長屋へ、私の両親に一人の小さな弟がいることはいるのですが、捨六さんと同じように、そこへものの便りをずつと欠かしていますし、土建屋の下廻り役のようなことを、口先ひとつでやつている、病弱な父の稼ぎなど当にならないところから、今も母が何かの手内職して、その日のたつきにありついているに相違ありません。そんなうちへと云い出されると、私は声までたて、泣き出してしまいました。親共のことは、てんで念頭にないみたい、自分の好き勝手なことにかまけていたわが身が、穴でもあつたらはいつてしまいたいようでした。

「ウム。――お前も、敷居が高いんだね」

と、云つて、一寸煤けた天井板仰ぐようにしてから、声をひそめ、

「着たなりで行ける、女中奉公でもね。――一時、このところ、ね」

と、捨六さんは、小さな眼の裏から、こつちの顔色うかがうようです。女中だからつて、どんな恰好して行つていい筈のものでもありませんし、下宿の払いが出来そうにないところから、私ひとり追立てがましく扱う捨六さんの仕打ちも解《げ》しにくく、おッかぶせるように、

「ね、二人が別々になつてたべて行くのより、一緒にいてたべられない方がいいわ。――そう思わない？」

と、捨六さんの膝もとへ進みより、細い眼をヒステリックに光らせます。聞き手にも、まっすぐ私の云い分届いたかして、捨六さんもはッと眼の色曇らせるやうでした。

「ね、生きるのに、こんなわずらわしい思いするより、ひと思いに死んでしまいましょうよ。――私、ひとから何と云われたつて、一緒に死ぬの、今なら仕合せだわ」

と、調子づき、息弾ませて、

「あなたが家を持てるようになるのも、この先いつのことだか解らないでしょう。私が、女給や女中しながら待つていたつてね。――又家を持てるようになつたとしても、何時お米がなくならないとも限らないでしょう」

などと、二人の前途にまで、匙投げるような台詞云いつのり、段々私の顔色は変つて行くようでした。

「私ね、あなたの気づかない裡、あなたを殺してしまいたくなる時があるの。殺してしまわないと、何だか安心出来ないように思えてたまらなくなるの。――あなただつて、生身ですもの。フフフ、自分のことは棚に上げといて、私いいところがあるでしょう。――今が一番いいのよ。ね、一緒に死んでしまいましょうよ。こんな世の中なんか、左様ならしてしまいましょうよ」

としも二十一、かたがた大の啄木ファンでもある私は、それを云つて、詰めよるようにしてみますと、捨六さんも思う壺へはまつてくる如く、眼顔に不吉な翳色濃く漂わせました。世にあぶれたご当人始め、格別これと云つて、生きて行く張合いのようなものを、旁〻《かたがた》見失つているようでした。

いつも早寝の二人は、床の中でもつれるような工合になりながら、片路の電車賃さえあれば行ける死に場所、あれこれと探してみました。結局、あすこがいいと定まつたのは、海に近い深川の相生橋あたりでした。その時は、お揃いのサル股穿いて、などと私は呟いたりしましたが、そんな昇天の夢も、朝目がさめて、太陽の光が部屋へさしこみますと、あつけない位色褪《さ》めてしまうようでした。

○

いよいよ、晦日が鼻面にせまつてきました。幸い、本郷へんの雑誌社から、捨六さんは一つの仕事を貰つてくることが出来、机がないので畳の上へ腹ンばいとなり、その日に二十枚、翌日の午前中に十枚、早速書き上げていました。その間、顔中まつかにほてらせながら、執筆に没頭するひとに、こつちは全然無視されたも同然の、くやしくなつてしまつて「あなた、私あなたの書くものに惚れたんでもなんでもないのよ。――抱いてくれないと破いちまうわよう」と、ペン持つ手に飛びついて、仕事の邪魔したり、甘えたりと云つたていたらくでした。

午後から、出来た原稿かかえる捨六さんについて、私は例の草鞋のやうな草履穿きの、神楽坂裏からいくつも坂を登つたり下つたりして、朱門のある大学近くの雑誌社の前まで歩いて行きました。十分か十五分位で、捨六さんは廂のぐらぐらした鳥打帽片手に、小さなペンキ塗りの建物から出て来「十中八九、使うと云つてくれた」と、やや愁眉開く面持ちでした。又、二人は歩きづめで、神楽坂裏へと引き返し、部屋へ戻りますと、私は買つてきた夏蜜柑の皮むき始めました。

捨六さんの方は、ほこりまみれのズボンに、シャツ一枚の体を、横たおしにしながら、七十何円とメられた、下宿の勘定書睨めるふうです。気になつて、原稿がすぐ金にならないようだつたら、ここの払いどうするの、と私は手にすつぱいものつまんだなり、そつと捨六さんの横顔のぞき込んだりしました。

翌々日、本郷へ行つて、雑誌社から原稿は使うが、前借の件は駄目と云われ、捨六さんは尻ッ尾垂れた犬のような姿で帰つてきました。手製の座蒲団へ腰をおろすと、まずい顔つきして、明日となつた晦日に、「曙館」へまるきし支払い出来ず、二人揃つてメシくつているのは何としても工合が悪い、この急場凌ぎにどこかへ働き出て云々と、又しても切り出すのでした。

下宿屋の借金踏み倒したり、夜逃げ同様体ひとつで飛びだしたりした経験の持ち主も、初めての家では、甚だ勝手が悪いようでした。又、広い東京に、数少い捨六さんの先輩・友人からは、既にこれまで借りられるだけ借銭してあり、たのむところとしては小田原の実家より外にあろう筈ありませんが、そこへ行く汽車賃もままならず、聽てみつき振り、老父や徴兵検査前の弟が、魚売り歩いて細ぼそ暮らしている家に、ひよつこり顔みせ、いきなり無心云い出すなどは、身を斬られるより辛いようでした。で、私と云う者さえ姿消せば、何とか下宿へ申し開きがたつ、勘定を待つて貰う手がかりもつく、と捨六さんは苦しい説明まで加えるのです。そうまで、背に腹は換えられぬように云われますと、こつちも自分の勝手云つておられず、前の心中話など持ち出すどころでもなく、捨六さんの申し分に得心の色みせていました。

そして、このなりでは口探しに行くのも気まり悪いし、着物代なんか前借するカフエもないだろうから、桂庵へ行つて女中の口探してくるか、都新聞の広告欄みて、恰好の雇い先拾うか、どちらにしたものだろうと迷つてしまいましたが、晩めしの箸を置くと捨六さんの外出求め、彼氏の出たあと、私も「曙館」に近いところをあたりに行きました。神楽坂界隈はカフエが多く、四軒に一軒位の割合で女給入用の紙が貼り出されており、これをみるともなしにみていたような私でした。

○

「始め行つた店は、お女将さんがていねいに、帯は自分のを貸せるし、是非きてくれと云うの。支那蕎麦なんかも出来る、テーブルは四つあるきりののみ屋なの。もう一軒の方は、二階もあるし、シャンデリヤなんかもついている大きなカフエなの。――着物のないひとなんて初めてだし、主人も留守だから、明日もういつ遍《ぺん》きて呉れと云つたわ。そのすぐ近くにも、入用の紙の出ている店があつたけど、いくら探しても台所口がみつからないのね。まさか、こんななりで表から這入つてけないでしよう」

「で、あした都新聞買つて、探してみる？」

「もう、いやッ。さつき、店のひとと話している裡、私頭がぐらぐらしてきて仕方なかつたわ。支那蕎麦もやつている、小さな店でいいでしよう。たべさしては呉れるし、お女将さんも若くて気さくなひとらしいわ。お女将さん、不思議そうな顔つきもしないで、云つていたわ。多い時は、一日一円位の貰いがありますッて」

捨六さんは、そんなみすぼらしいところへ、と多少不足の色みせるふうでしたが、すぐ考え直し、

「着物始め、もつていないんだから贅沢も云えまい。若いお女将のいる店で結構だね。——すぐみつかつてよかつた」

「あすこでいいわね。なんとかやつて行けるわよ。その裡、——あなたのゆかたの一枚くらい、買えると思うわ」

何時も早寝の二人は、特にその晩はひとつ床の中へ、早々横たわりました。捨六さんは、支那蕎麦も売る店へ私が通勤と云う訳にはゆくまいか、と奥歯にものがはさまつた口調で云い出します。それに答えて、毎夜遅く下宿へ帰つてくるのもバツが悪いしするから、毎日日課のように、外で媾曳《あいびき》しよう、そして一日も早く勤めなんかしないでもよくなるよう、と私は願《がん》にかけるのでした。ところが、捨六さんは、私の鼻先で、テンカンでも起した人のように、頻《しき》りに上体肩口あたりをひきつらせ始めるのでした。その裡「お前はのみ屋へ行けば、その日からで

も客と勝手なまねをしかねない女なんだ」と呻くように、責めるように、云い出すのでした。聽て、くるりッとこつちへ背中を向け「のみ屋へ行つたその日から、二人は他人になるのだから、そのつもりでいるんだッ」と、荒々しい言葉遣いです。

あまり云うことが出し抜けで、私はあつけにとられ、眼を白黒させていましたが、ああ、名古屋でうけたあの時の古疵が疼き出したんだな、と捨六さんの肚《はら》読みかけましたものの、売り言葉に買い言葉、ついこつちもカッとなり何やら金切り声で応酬してしまうのでした。捨六さんの方も「いや、転ばぬ先の杖として云つたまでだ」とか、又尻軽の罰当り女めとか、いろいろと私を頭ごなしにする雑言《ぞうごん》、火のついたように口走り、まるでタガの飛んでしまつたような人間に変るのです。

仮りにも、そのひとを夫と思い、人妻であると云う誇りを守り本尊に、働きに出ようとする矢先、これはあんまりな云い草と、私もいよいよ逆上してしまい「恋人がそんなに信じられないなんてミジメ過ぎる。——あなたは気違いだッ」と叫びざま、脚では捨六さんのすねを、手ではその肩を打つたり蹴つたりしながら、ヒヒヒとはげしい息遣いまじり、もう滅茶苦茶に荒れ狂うのでした。——こつちの反抗ぶりが、かえつて捨六さんの正気呼び戻したらしく、手の裏返した如く穏かなもの謂となり、両腕を私のわきの下へのばしてきますと「明日から他人になると云う人間を、誰が抱けるかッてンだ」などと、大層な下町言葉で啖呵きり、私は崖でも登るような恰好しいしい、床の中から出てしまいました。その脚で、四畳半を飛び出すことはならず、入口近くで向う向きに立ちすくみ、肩で息していました。刺すような静けさが、部屋一杯たちこめるようでした。

する裡、捨六さんも起き上り、意味のあいまいな足どりで、私のうしろ側を通り抜け、部屋を出て行きました。間が持てず、便所へでもと云うわけだつたのでしよう。私は、反射的に、カラになつた床へもぐりこみ、頭の先の方だけ、掛け蒲団から出るようにしていました。部屋へ戻つてきた捨六さんは、いきなりのしかかるような姿勢となり、蒲団の上から力一杯私を抱きしめ、涙でしよつぱくなつている唇求めるのでした。

「わかつてくれ時子。お前をどッこへもやりたくないんだ。——どッこへも」

と、苦しげな、しやくり上げるような言葉遣いでした。

翌朝、水つぽい味噌汁に、くさやの干物《ひもの》など、型通りな朝めしの膳へ向いましたが、私は一杯よりごはんがのどを通りません。捨六さんにすすめられても「泣き出しそうで仕方ないの」と呟き、口もとを小刻みにけいれんさすしかありませんでした。こつちの気持汲みとり、それのないのは承知していながら、よい対策・分別は、など捨六さん太い猪首ひねつてみせました。

「お金をどこからか借りてきて、いくらかでも入れるか、死ぬか、この二つよりないわよ」

と、云つて、すぐ私は溜息まじりになるのでした。

「兎に角、まるひと月、二人でこうしていたからね。たまに逢うようになるのも亦一興か知れないよ」

と、捨六さんの方は、一応諦めがついているみたい、そんなしやれまじりでした。目隠しの上には、キラキラした浅黄色の空が細長くみえました。ハンカチのように小さい座蒲団の上へ、二人共行儀よく坐つて、云わず語らず、別れのひと時惜しむ様子でした。私は、ふと隅田川のほとりで育つた、子供の時分のことなど云い出したりして、

「あなた、皮の白い今川焼と云うの知つている？　たべたことがある？」

「あ、白い壺焼きね。今川焼ッて云つてたな。——俺もくつたことがある。小田原にもあつたな」

「そう。——あの今川焼、この頃東京にはさつぱりなくなつちやつたようよ」

「そうかな、そう云えば、小田原でも、皮の土色した奴ばつかりになつているんじやないかな」

「変るものなのね。——あすこののみ屋、いい日に一円だと云うけど、支那蕎麦がたべられるからいいわ」

と、薄い口もとよせながら、私は火箸を火鉢のまん中にさしました。炭火は、あらまし灰になつているようでした。

昼食を、軽くいちぜんたべたあと火箸をひき抜き、コテ代りに頭髪へあてがいました。いくらか赤味のさす、薄い髪の毛のところどころ、トラがりのような段々が出来、それをその頃流行だつた簡単なひつつめに結い、あたまに手をやりながら、鏡代り捨六さんへ出来工合をはかりました。

始まりから、私の支度を憮然とした面持ちでみていた捨六さんは、結構と云うように頷いて

みせました。

ついでに、バネのゆるんだガマ口の底から、十銭銀貨と、五銭白銅一枚ずつつまみ上げ、

「これで、途中、湯にはいっておいでよ」

と、私に握らせました。銭湯などと云うものとは、忘れたように遠のいていた二人でした。

私は、立って押入れへ頸を突つ込み、ごとごと物音させながら、名古屋以来の風呂敷包を解いたりしました。

「あ、いいものがあつたわ」

と、一寸素頓狂な声を出し、捨六さんの方を振り返ります。額あたり、二十九にしては、としよりずつと皺ッぽい捨六さんの面相も、多少ほころびかけたようでした。

風呂敷包から、ひつぱり出したのは、前母親から貰つた、黒い春のショールです。それを片手にかざしながら、

「質屋へ持つて行つて、お小遣いになさい。十円先出たものだと云つたから、いくらかにはなるわよ」

と、云つて、私はそんなに古びてもない品物、ぽんと捨六さんの膝もとへのせていました。

「ハハ。山内一豊の妻の鏡から出た小判ねえ」

おしろい、口紅も揃つていない化粧道具のはいつたブリキの小さな箱、白足袋に雨下駄等、一緒くたにくるんだ風呂敷包をつくり、裾廻しの摺り切れたまがい大島の袷を改めて着直して、

「浪子（蘆花作『不如帰』の女主人公）はなぜ死ぬんでしょうと云ったけど、私はなぜ生きてるんでしょうと云いたいわ」

と、台詞めいたことを云いさし、細い眼をまばたきながら、立った儘、

「もう行くわよ。あなた、一寸便所へ行っててね。――そのあと私ここから出るわ」

――三十一年六月――

## その三　水　草

牛込地蔵横丁の、のみ屋へ勤めてから、三日目の午過ぎでした。買つたばかりの、ニコニコ絣の単衣を着、シンのはみ出した帯をしめ、水道栓のある共同洗濯場みたいなところで、ごしごしやつていますと、ぱつたり、捨六さんでした。新しいカンカン帽、黒ッぽい単衣を着、素足に安物の駒下駄突つかけています。つい先日、下宿屋で別れた折とは打つて変つた、頭の上から足の先まで初夏らしいいでたちでした。あとでわかつたことですが、七十何円かの下宿代、何んとか処置すべく、他に泣きつくところもないまま、文字通り身を斬られる思いで、小田原の実家へ行き、五十歳越して、もうすつかり総義歯の父親の前に、無心してみますと、捨六さんの頼み方が尋常な様子でありませんので、貧乏な魚屋のお父さんも、血の出るような金を、まるで借りていたものでも返すような仕方で、息子の手へ握らせたそうでした。そばにいた、お母さんはお母さんで、女と一緒だと聞いたから、きつと死んでしまつたものと思つていた、まるふた月もハガキ一枚呉れないなんか、あんまりだと泣き伏すようでした。人間、落ち目の時に、気を落してはいけない、などと慰められ励まされて、その夜の裡、小田原から牛込神楽坂裏へ戻つて、下宿屋へ二十円差し出しますと、七十何円かの勘定に、それッぽつち受けとれぬと、金縁眼鏡の老女将はそつぽう向くふうでしたが、捨六さんは畳に額をこすりつけるような卑屈の限りを尽し、やっとのこと相手に出した紙幣納めさせ、翌日早稲田の方へ行って、行李や蒲団、机など借金のカタにとられている別の下宿を尋ね、半金位の荷物渡して貰う掛け合いに成功し、借りてきた大八車へそれ等を積み込み、自分でひっぱって、早稲田から鶴巻町通り、神楽坂裏までできますと、下宿の老女将「そんなものどこから持ってきた」とか云ったりして、荷物の持ち込み拒んで、却々きかないふうです。そこで、捨六さんは、又腰を出来る限り低くしいしい、ようやくのこと行李や蒲団を、玄関わきの暗い四畳半へかかえこむ始末だったそうでした——。

きよとんと、小さな眼を、糸のようにしている捨六さんの鼻面へ、私は手の水払いながら立ち塞がりました。三日振り逢う男の前で、ふッと血が顔面にのぼるようでした。それから、のみ屋の女将に、半日の暇貰い、はたちの女らしく赤い鼻緒のすがった日和下駄穿いて、捨六さんと揃って浅草へ出かけ、映画なんかみたりして、地蔵横丁に近い蕎麦屋の二階へ上ったのは、その夜の八時過ぎでした。二人は、細い通りの灯を見下ろす出窓口へ差向かいにかけていました。六月始めの、一寸蒸すような晩でした。

「あすこ、一日一円位のチップあるわ。でも客が如何にも低級なの。——印刷所の職工だったり、ニキビの出盛りな小僧さんだったりして。私、話合わせるのに困ってしまうの」

「吾々だってプロレタリアじゃないの」

と、そんなに云う捨六さんは、客種の点である種の安心を感じるふうです。

「チキン・カツ持つてこいと云われれば、出来ません。じや、ビフ・カツと云われても切らしました。ポーク・カツなら出来ますと云うのも始めのうち気まり悪かつたわ。でも、支那蕎麦の出前が相当あるから、あすこのうちやつてゆけるのね。昨日も女将さん五円も出前があつたつて、喜んでいたわ」

「女将さんも蕎麦位拵えるし、旦那とも迚も仲がよさそうなの。その点、恵まれた夫婦らしいわ。――皺苦茶のお婆さんがいるの。中気なんだけど、二人は仲がいいし、子供もあるから、自然お婆さん冷遇されてるのね。私、お婆さんのたべいいように、たくわんきざんでやつたり、よごれものも洗濯してやつてるの。――お婆さんもよく話しかけるわ」

「まあ、女給半分、下女半分ね。それでもいいんだけど、早く迎えに来てね。あれからお仕事出来た？　勤口の方探してみた？」

私の問いは、あいまいにはぐらかし、

「俺がこの前いた、早稲田の下宿に、お前のお母さんが尋ねて行つたらしいね。女将がそう云つてたよ、本所の方だと云つて、小柄な四十歳位の女のひとがみえましたつて」

「そう！　あなたと名古屋へ行つてたことなんか、うちで知る筈はなし、矢張心配だつたのね。――あなたの下宿にいることにして、手紙出してみようかしら」

「早くそうした方がいいね」

客のない、二階座敷でゆつくり話し、明日又逢う約束で蕎麦屋を出ましたが、その儘別れるのが何んとしても辛く、捨六さんのひと一倍強い体臭にむせんだりして、段々吐く息吸う息まで荒く乱れ、今夜ひと晩中、二人で歩いて明かしてしまいたいとか、どこの隅でも構わない、一緒に夜明ししたいとか、いろいろ身悶えして口説立てるのですが、捨六さんの方は、何んのかのとなだめすかし、並んでところてんたべたあと、とうとうのみ屋へ送り込まれてしまいました。

神楽坂と、地蔵横丁の中間にある神社の境内の茶店で、翌日二人は逢つていました。甘酒のんで、揃つて通りの方へ出ますと、

「向うからくる背の高い人ね、地廻りなの。困つたわ」

と、捨六さんの耳許で云い、ワイシャツにカーキ色のズボン穿いた、色の黒い大柄の青年から目を外らし歩いて行きました。その男とすれ違いざま、先方が鋭くこつちをねめつける気配に、

「こんちは」

と、私は、口早《くちばや》に云つて、相手をうかがいましたが、青年はぷすッとしたまま、さつさと遠ざかります。私の手にしている手拭には、石鹼箱をくるんであり、中で小銭の音がしていました。風呂へ行くと云つて、のみ屋をそつと出てきたのでした。

二人は、初夏らしい日ざしにきらめく青葉若葉が、塀ごしみえる、ひつそりした屋敷街へ這入つて行きました。捨六さんは、うちへ云つてやつたかと糺したりします。私としては、捨六さん同様、まるふた月も全然便り欠いている実家へ、のめのめと手紙書く気にどうしてもなれ

ないのでした。本所の裏長屋に住む、両親なんか忘れたようにして、男と好きな日送つていたわが身が、穴へでもはいつてしまいたい位、憚かられるばかりでした。

「じや、いつそ思い切つて、うちへ帰つてみたらどうかな」

と、ずばりッとした、捨六さんのもの謂です。一寸考え、すぐその気になつた返事し、のみ屋へは帰らず、この儘行つてみようと、私は俄かに弾みがついたようでした。若い時分からの病身で、今でも時々煉瓦色の啖吐いたりしている父のその後も急に気がかりとなるもののようでした。

「で、私、うちへ行つたら、あなたと云うひとがあつて、一緒になることになつてるッて、そう云うわ。云つてもいいでしよう?」

「だがね、そんなこと今急に切り出さなくつたつていいじやないか」

「なぜ、さッ?」

私は、抉《えぐ》るように、捨六さんの、眼の中のぞきました。と、ひるんだ如く、捨六さんは視線をそらし、何かふッきれない、わだかまりのつかえた面持ちです。あとで知れたことですが、捨六さんにすれば、おいそれと私の口に調子合わせる訳にも行かぬ道理なのでした。こつちは長女で、一人の弟はまだ十歳そこそこの、親達はかねがね、私に然るべき婿をとらせようとしており、去年の暮には大工職の若者が候補にあげられた程でしたが、この者を嫌つて私はうちへ寄りつかないようになつていましたものの、今度は自分から捨六さんをそれと選んだと報告すれば、いやでも彼氏は、私の親達をみなければならぬ入婿同様な羽目になつてしまう、と早のみこみな気の廻し方、その儀ばかりはと逃げ腰使つていたようでした。が、そこまで相手の胸中読めず、ただいちがいな気持になつて、うわずり口調で、

「今がしお時と思つて、私を捨てる気？」

「決してそんな。――」

「私、はつきりした返事きかなければ、うちへは帰らないわ。――あなたが小田原へ無心に行つた時、私のことはうちのひとにだまつていたと云つたけど、それも私と云うものに気がなくなつたからでしよう？」

「いや、場合も場合だつたし、お袋がヒステリー起したりして、つい云いそびれたんだ」

「そんな云い訳、どうでもいいわよ。男らしくはつきりして頂戴。私がいやになつたんなら、はつきりそう云つてくれればいいんだわ。その方が私の為めだわ。これが先へ行つて、あなたに泣きつくようだと本当に辛いから。――」

と、ひと息に云い、続いてこみあげてくるものを噛み殺すべく、私は薄い口もとけいれんさせるふうです。と、捨六さんは、前より余計元気のない、困り切つたような、二十九と云うとしに似ない皺ッぽい額に青筋うねらせ顰めッ面となり、もの云うことだに覚束ぬ様子です。

「あなた、怒つてるの？」

と、私は又、とんちんかんなこと云い出し、おずおず捨六さんの顔色よみました。聞き手を

とつちめるような、先程の切り口上で、すつかり腹立てたかと心配でした。すると、捨六さんは慌てて猪首振り振り、少し間を置いてから、

「いつそのこと、のみ屋を止めて家へ帰つてはどうかね。そうして家の為めになるようにした方がいいと思うけどね。老人の肺病は容易に死なないと云うし、内職なんかして稼いでいるお母さんのたすけした方がいいんだがね。今となつて、俺がこんなこと云い出すの随分勝手過ぎるけどね。ずるいようなんだけどね。——又どうせこのところ、一緒に暮らせる目安もたたないんだし」

と、半分口ごもりながらも、捨六さんは説くようです。今更帰る、うちの敷居は高いにきまつてますけど、帰らないより帰つたがましかと、私もその気になつた返事し、のみ屋へ置いてある包みは追つてとりに行くことにして、この儘本所へ行くから、うちまで送つてくれと頼みました。捨六さんは、二つ返事のようで、急に目の前の暗がりがとれたような眼色をみせ、二人は長いこと立ち止まつていた、枳殻《からたち》の若芽の萠える塀際離れました。

「私、帰つたら、すぐ工場へ行くわ。日に一円は稼げるから、少しはうちのたしになるわね。働きに出ても、夜は自由だから媾曳きの時間沢山あるわ。——丁度、下宿に電話もあるし、私も行くけど、あなたもあいにきて下さいね」

「ああ、行くとも。——電車賃さえあつたら、お前もやつてくるんだね」

「一銭でも、多く持つて行きたいから、あなた勘定して」

二人は、しるこ屋から出て行きました。私の石鹸箱には、六十銭程はいつていました。捨六さんのガマ口の中味の多寡《たか》はわかりませんが、この際いくらかでも割いてやろうと云う気配など示さず、私もそんなねだりがましい気持にはなれませんでした。

電車は、夕暮の隅田川を渡りました。それから、小さな鉄の橋をいくつも越えて、本所の工場地帯へ這入つて行きました。終点より、二つ手前で降りて、煙草屋の角から路地へ足を向けました。あたりは、生木の香の高い棟割の二階家が並んでいたり、石炭ガラで埋まつた空地があつたり、宮殿みたいに堂々とした銭湯が、小さな工場と隣り合つたりしています。

「あの床屋の所から右へ曲るの。電車通りから、一ツ二ツ三ツ四ツ目ね。——覚えていてね」

横丁へ折れ、更に狭苦しいところを行けば、片側に真新しい三軒棟続きの二階家があり、中央の一軒が目当の家です。

「行つて、中の様子みてきてよ」

と、捨六さんは、短い首を一層縮め、泥棒猫のように、素早く家の前を往復してきました。たしかに豊岡清吉と云う父の名の表札が出ており、六畳と三畳の部屋は、襖、障子類なく、台所口までひと目で見渡され、世帯道具始めないも同然な家の中で、私の母らしいひとが、痩せこけた背中を表の方へ向け、若い女と何か話していたと云いました。

「その女のひとは、きつと二階にいる職工の細君よ。男のひとはいなかつた?」

「みえなかつたよ」

「お父さん、死んじまつたのかしら。肺と動脈硬化症と両方だつたから」

と、云つて、いつたんうつむいた顔を起し、

「死んじまつた方がいいんだわ。あんなにして生きていたつて、自分だつて辛いだけだもの……」

○

錦糸公園は、だだつぴろいと云うだけの、ところどころ貧弱な花壇や、子供の運動用具が設けてあり、中身は青い一面の芝生でした。母のものを、ひと晩の裡縫い直した、柄の細かいメリンスの単衣着、髪を洗髪にし、ようかん色の洋傘日傘代りさしかけて、私はベンチへかけ、待つこと十分あまり、昨日とそつくりな、カンカン帽をうしろへずらし気味にかぶつた、和服姿の捨六さんがやつてきました。身の丈は五尺少しで殆んど同じ、体つきもどちら共痩せ型の二人は、公園から程近い、古風なそり橋で有名な神社へ向かつて歩き出しました。

「やッぱりおッ母さん、二度あなたのもといた下宿へ行つていたのね。そこの女将さん、あなたのことをお金がないのがキズだけど、ひとはいい人だッて云つたそうよ。よくお父さんとおッ母さん、新聞気をつけてみていたんですッて。若い者の情死の記事なんか、胸をドキドキさせて読んだんですッて。——ゆうべ私台所から、小さくなつて這入つたの。おッ母さんの顔みるなり、私ごめんなさいッて、泣いちやつたわ。そしたらおッ母さん、自分の家へ帰つたのに詫

を云うものがあるものかねッて、云つてたわ。夜遅く、お父さんが帰つてきた時、私床の中にいたんだけど、ちゃんと知つてたの。でも、寝たふりしていると、お父さん私の頭のところへ立つて、時子帰つたか、とそう云つたわ。今朝になつても、私なんにも叱られなかつた」

「お父さん、毎日朝の裡から出かけて行つて、夜は何時も遅いらしいのよ。なんでも、今度上野に大きな博覧会が開かれるらしいの。博覧会の主催者側と、請負師の間にはいつて、お父さん達ひと仕事たくらんでいるのね。そんな博覧会なんか、本当に出来るのかどうか、どうせお父さんなんかみたいなブローカーの下廻りが口利けると云うんだから、怪しいもんだけど、お父さん仕事のようなものがありさえすれば、一文にもならないでも結構愉快なのね。ひとと話す時は、立て板に水と云つた工合なのよ。毎朝おッ母さんに五十銭貰つて、みかけはそれでも、ちゃんとした背広姿で出かけるの。あなたのことを話し、あなたに夏服がないと云つたら、俺のではどうだと云つてたわ。でも、それは、三円ばかりで質屋へ行つているんですつて」

「お父さんが、そんなふうだから家の暮らしの方は、おッ母さん一人で心配しているの。今、腕時計のバンドの内職で、日に七十銭位稼げるそうよ。だからたべるだけは、二階が貸してあるから、カツカツながらやつて行けるのね。どうせ家賃なんか払つてないにきまつてるけど。――この頃、お父さん出かけられるようになつたけど、先月は二週間ばかり、煉瓦色の啖吐きながら、寝たきりだつたので、迚も大変だつたとこぼしていたわ。おッ母さん内職は細かい仕事で眼が痛いッて、眼鏡かけてやつてるの。その眼鏡は、先《せん》お父さんがしていたロイド眼鏡なのね。ちつとも度なんかあつてやしないそんなものかけちや、かえつて眼が悪くなるばかりだつて云つてやつたら、おッ母さん、本当かえッて、びつくりしたのには、こつちもプッて、ふき出しちやつたわ」

青い藤棚に囲まれた神社の池は、泥水を氾濫させていました。そこかしこ、あぶれたルンペンがごろごろしていたり、首すじを白く塗つた夜の女達が、干からびた声音立てながら、三三五五徘徊していたりしました。何かにせきたてられる思いで、神社を離れ、あれから日ざかりを二人は放水路の方角へ歩いて行きました。

中一日置いて、神楽坂裏の下宿を訪問し、それから又二日たつて、早朝下宿屋へ電話しました。捨六さんはいて、すぐ行くと云う挨拶です。神楽坂を降りきり、電車通りを越えて、両側に濠を見下すだらだら坂のとつつきにある自動電話の傍で、私は待つていました。

私の姿、認めるより早く、捨六さんは顔面硬ばらせ、小さな眼を刃物のようにして、こつちの足許ばかりみいみい近寄つてきます。それもその筈、十円近くする白い皮の草履を私は突ッかけているのでした。

まつすぐ、私の前へ立ち止り、

「馬鹿にいい草履じやないか。どうしたんだね」

と、捨六さんは、眼頭光らせ、なじるように云い出します。このひとの眼はごまかせない、と寝不足の頭が思わずぐらッとしかけましたが、すねに疵もつ身は、さり気なく、

「あの私、今八円ばかり、お金持つてるの」

と、嘯《うそぶ》くようでした。

「どうして、そんな金がはいつたんだ」

と、捨六さんは、こわい顔つきして、睨みかけます。こつちは、そつぽう向いてるような声色で、

「あなた、前川さん知つてるでしよう」

その人は、父の友人で、父と違つてブローカーとして可成小金をため、目黒に相当手広い家を持ち、私が小田原のカフエにいた時分、二三度尋ねてき、その都度多分にチップ置いて行つたこともある中年者でした。

「ウム。一度きいたようだが」

「前川さんから貰つたの。昨日、家へ遊びにきて、久し振りだと云つて私を連れだし、たんと御馳走してくれたりしたわ。――あのひと、どう云う訳か、私に野心もつているのよ。前から――」

「で、こんなに早く本所からやつてきたのかね」

と、捨六さんは、相変らず口突き出し、糺問口調です。

「いいえ、渋谷から」

「渋谷から?　どうして?」

と、つとめて、感情を抑えるふうでいて、捨六さんの声は、多少慄えを帯びるようでした。

「渋谷のお友達の家へ遊びに行つたの。前川さんとは万世橋で別れて。——お友達の家で遊び過ぎちやつて、終電車がなくなつてしまつたから、それで。——」

「渋谷に友達がいるなんか、一度もきいた事がないなア」

と、捨六さんは、突き上げてくる疑惑に眼頭きしませ加減です。そんな苦りきつた人の前で、実はとありてい白状する勇気なんか、私には思いもよりません。ずつとあとになつて、その折のあらまし、打明けるしかありませんでした。ブローカーの前川さんが、うちへみえたのは事実でしたが、あいにく私は、母と一緒にやり出した、内職の玩具を問屋へ背負つて行つていて留守でした。帰つた時にはもう前川さんはいず、母が次第を告げました。それによりますと、前川さんは私を妾にほしいと、母まで申し出、私が承知したらうちの暮らしの方は一切引き受ける、が、このことは父には当分内密にと云う口上でした。前川さんから、いくらか握らされた上に、前々から、困る時など私を女郎か娼婦にと思わないでもなかつたような母は、前川さんの註文をそのまま中継し、幾分気をひき気味でした。こつちは早速、はしたない興味のようなものにかり立てられてしまい、これからすぐ前川さんを追いかけ、目黒に行つてみると立ちかけますと、これには母の方がすつかり面喰らつてしまい、自分はたつてあの人の妾になれとすすめはしない。第一そんなこととしては捨六さんにすむまい。女には縁あつて一緒になつた最初の人が大事なのだと、古風な文句並べ、かんで含めるようですが、既にものの情理、分別など一切耳にはいらなく「あのひとは私の惚れた人、前川さんは私に惚れた人」と云うような台詞云い放ち、さつさと身支度にかかり、例の母のお古の単衣を着、赤い鼻緒の下駄突ッかけ、駈け出すように、三軒長屋をあとにしました。一足飛びに、前川さん宅からそう遠くない、小ざつぱりした旅館へ単身上り込み、電話しますと当の人はいて、夕方近く、太い金鎖ずるずるからませる、合着の背広姿で、のつそりと現われました。ビールの酌などして、何時になく如才なくする私に、前川さんはたちまち上機嫌となり、型通り十時頃別の狭い部屋へ席が移りますと、こつちは囲われてからでなければとしまいまで抵抗し続け、仕方なく前川さんは途中から引揚げてしまい、その時十五円のお金置いて行つたのだと、そんなに捨六さんへ云つておりました。惚れた弱味ですか、事実をその通りあからさまに報告したら、彼氏との仲はもうそれまでと観念され、そのことの恐ろしさに、あの晩の一件は、いつまでもごまかしとおしでした。右側は濠になつている土手路を、臓腑《ぞうふ》まで白茶けたみたいな面相で、捨六さんは影法師のように歩いていています。嘘より云えない私も同じ歩調で、口の方は金魚がうわ水でものむような寸法の、

「お金や何んかのこと、どうだつていいわよ、それより、あなた早く、家持つてよ」

「家ッて、急にもてるもんか。勤口でもみつかつてからでなくッちゃ」

「お友達も云つてたわ。月四十円あれば、一人で暮らして行けるッて。――早く持つてよ」

と、やいやい、私はそれを云いつのるのです。

「私、あなたの家にいたいのよ。今日でも、明日でも、じき、もつてよ」

と、まるで、手のつけられない駄々ッ子です。捨六さんとひとつ屋根の下で暮らしている分には、間違つても昨晩のようなことは起きやしないのだ、と心底そう承知する私は、前名古屋で、カフエに出ていた折、あなたと云う者が待つているとわかつていても、つい目の前の客にふらふらしてしまう、そばにしばりつけて置くようにしないと駄目な女なのだ、とよくそう云つていたものでしたが――。

「いつたい、あなたは、いつになつたら家を持つ気なの。はつきりしたこと云つてよ」

「気はあつても、気だけじや家は持てないんだ」

「そんなこと云つてた日には、いつになつたら家がもてるかわかりやしない。――こう世間が不景気じや、あなたの勤口もあぶないもんだし、筆の方でちやんとやつて行ける自信だつて、ないんでしよう。――ね、家を持てないなら私と死んで頂戴！　家を持つか、心中するか、どつちかにして頂戴よう！」

「そんな、急な無茶云つたつて仕方ないじやないか」

「いやッ。私、どうしてもいやッ。家を持てないなら、死んでよ！　ねッ」

細い眼をギラギラ光らせ、瘤走つた声でわめくようです。私には、捨六さんと暮らす家がない以上、安心して身を置く場所はどこにもないと云つた気でした。

「あなた、小田原の近くで死にたい？　それとも房州の方にしましようか。今日は天気もよし丁度いいわ。はつきり死に場所きめて頂戴！　さあ！」

と、私は、連れの肩先、こづくようです。が、相手は一向に手応なく、私と一緒に死ぬなんか心外とあるかのように、満足な受答えひとつしません。わあわあ、口の端から泡ふいている半狂人の利き腕摑むように、来合わせた省電の駅へひつぱり込み、捨六さんはさつさと二枚の切符買つてきて、私を電車の中へ押し込んでしまいました。

省電を、私鉄に乗り換え、多摩川べりの小さな停車場へ降りると、道路の行く手には、緑の丘や赤い屋根が点々としています。河原へ出ますと、あたりには白ペンキ塗つた、砂糖菓子のような建物が密集する遊園地でした。玩具のような飛行機が、子供達を一杯のせ、てつぺんに旗なびかせる柱のまわりを、上つたり下つたりしています。遊園地の傍を過ぎ、小さな赤松が並んでいる築山のような丘を登りつめ、向う側へ下つて、松の根方に腰おろしました。赤くなつた新聞紙や、空のサイダーの瓶など、そこら中に散らかつていました。前方には、白い河原と、青い流れが日光にさらされており、遠く北から南へ走る山脈もまどろむように見渡されました。流れには片帆の砂利船が浮び、ボートなど白鳥のように水をきつています。

「思つたよりこの川、浅いのね。水が綺麗なばつかしで。――これじや、迚も駄目だわ」

「それに、俺は泳ぎを知つてるしね。ハハハボートへ乗ろうよ」

「ええ、あとで。……」

うらうらと、のんびりした美しい風景は、ズキズキする私の頭を幾分軽くしたようでした。

途中から買つてきた、パンや林檎など、二人はおとなしくたべ始め、終ると背中のところへ新聞紙あてがい、どちらも仰向きになり、暫くうたたねしました。よごれたハンカチ顔にあてがつて、多分私は腐つたような鼾をたてていたことでしょう。

捨六さんは、ろくすつぽ、眠らなかつたそうです。横になつてから、かえつて頭が冴えてしまつたみたい、二人の今後のことがあれこれ思いやられたようでした。私と、別々にいれば、第二第三の前川みたいな人物が現われることは必至、その裡段々、外の男と逢つている次第を臆面なく私が口にするようにもなるだろう、とそんなに想像され、さればと云つて私と云う女を日夜手許につないで置く訳にも行かない。はたと、捨六さんは壁に突き当るのですが、そこをどう切り抜けよう思案も浮ばず、結局成行き委せとあるみたいな、しらけきつた気分に支えられるしかないようでした。風が出て、小笹が、鳴り始めました。

「おい、起きないか」と、捨六さんは、私の肩口、軽く揺すります。一度、目をあいたが、私はすぐ又閉じてしまいました。

「俺はのどが乾くんだ」

「暗くなるまで、こうしていたいの」と、私はすねたような鼻声で甘えます。

「何時まで、こんなところにいられるもんか。体に毒だ。帰ろうよ」

「あなたには帰れるところがあるからいいのよ」

「そんなこと云つて。——本所へ行くのがいやなら、俺の下宿へくればいいじゃないか」

「でも、払い全部済ましてないんでしょう?」

「あと二、三日すれば、××の稿料が貰えるんだ」

「私がいるの、あの女将承知するかしら。――いやよ。又行くなんか気まり悪いわ。あなた、そんなこと云わないで、一緒にどこかへ行つて死んでよ」

「まだ云つている。――起きるんだよ」

と、捨六さんは、私の左腕を両手で鷲摑みにし、ぐいとひつぱり上げました。単衣の裾直したり、頭髪にささつたはつぱとつたりして、私はよろよろ捨六さんのあとを追いました。河原へ出、近くの茶店の縁台へかけてから、稲荷寿司註文しました。たべているところへ、赤犬が二疋鼻鳴らしながら寄つてきましたので、私は犬の分もひと皿頼んだりしました。

日が暮れ、神楽坂裏の下宿へ着き、捨六さんのうしろへ隠れるようにして、こつそり約十日振り、薄暗い四畳半へ這入つて行きました。が、いくら頼んでも、勘定を綺麗にしてからでなければ、二人分の食膳は提供しないと云う女将の難題に、翌朝から私達は一人分を半分ずつたべて我慢することになりました。ごはんの方は、大して体を動かさない二人に結構間に合いましたが、おかずは毎日、前川さんから貰つたお金の使いのこりで、煮豆佃煮など、少しずつ外から買つてきました。便所へ行くのもはずかしく、私はお茶類を出来るだけ飲まないようにしていました。

○

それから、三日捨六さんと一緒にい、母からの手紙で本所へ帰り、ひと晩うちへ泊つて、翌日又神楽坂裏へ出かけました。捨六さんは、小さなニス塗りの机に向かい、顔をまっかにしながら、せっせとペンを走らせているところでした。いつぞや持ち込んだ、三十枚ばかりの原稿が、僅かながら現金となった喜びに、追つかけその続きみたいなものへとりかかつたようでした。が、あとになつてみると、今度は肩すかし喰う結果を余儀なくされました。

何分、この二三年、彼氏の書くものなど、埋草ほどにも顧られなくなつている有様なのでした。部屋へ、ひと脚はいるなり、捨六さんはペン走らせる手を休め、感情がすぐ顔に出る、正直な子供ッぽいひとらしい面持ちで、いつそ歓迎といった身のこなしです。

書きかけの、やがては無駄なものになるとも知らず、原稿等ていねいにかたづけたりしたあと、二人は膝頭すれすれ差し向かいになりました。

「私、小田原へ行って、あずけて置いた行李をもつてこようと思つているの。ロクな質草にもならないようなものばかりだけど、単衣なんかいくらかあるから」

「そして、カフエへ出ようと思つているの。――日に一円でも家へ送れればいいと思つてね。行つてもいいでしょう。ね？　お父さん、又三日ばかり前から寝ついてしまつたの。煉瓦色の啖吐いたりして――。私、迚もそばでみていられないの。おッ母さんと、いくら一生懸命内職したつて、日にせいぜい一円か一円五十銭でしよう。私、はじめ工場へ通おうかと思つたけど、体も大分ナマになつているみたいだし、病気するのは目にみえている気がして、矢張りカフエと云うことにしたの。お父さんやおッ母さんは、口に出しては、私に働いてくれともなんとも云わないんだけど……」

ひとつには、又押しかけてくるに相違ない中年のブローカーから、姿晦《くら》ます為めともつけたし、

「あなたには、本当に済まないと思うわ。これがあなたの為めなら別なんですけどね。――でも、あなたが行くなと止めれば、ここにいるわ。私、どつこへも行かないわよ。どつこへも……」いつか、私は涙臭い言葉遣いになつていました。

「俺だつてね、行くなと云えるものなら、そう云いたいんだよ。本来なら、お前がうちをすける代り、俺が二十円なり三十円なり、毎月送つて、二人は一緒に暮らすべきなんだ。世間には、そうした甲斐性のある男も相当いる筈なんだ。だが、俺の今のざまじやね――。それにお前が、無理してここへきてくれるのは嬉しいが、同時に苦しい。お前にしたつて、うちのことを忘れているわけにも行かないしするしね。お互いに、ここんところ、辛棒して別れていなければならないね」

「向う三年すれば、お父さんどうせ長い寿命じやなし、私も肩の荷が下りると思うの。弟だつて大きくなるし、おッ母さんはまだそれほどのとしでもなし、私本当に身軽になれると思うわ。――三年たつたら、私達結婚しましようね。三年位、たてば短いものよ。その時は、晴ればれ

結婚しましようよ。――ね、それまでに、私を見捨てちや、いやよ。私、うちと云う十字架背負つて働いていなけりやならない女ですもの。――あなたには、よくわかつて貰えるわね」

捨六さんの腕に抱かれながら、口にはいる涙にむせびつつ、私は必死な言葉続けました。聞き手の眼もうるみがちの、でも三年と云う年月なんか、他愛なくひとまたぎ出来るもののように云う私ほど捨六さん自身弾みのついた調子にはなれない様子でした。

その晩、二人はひとつの床で過ごし、翌朝私は本所へ帰つて、近所の懇意にしている天理教の婆さんから借りたお金で小田原へ行き、軽い行李と青い梅の実のついている枝を持つて、又私は吸い込まれるように、神楽坂裏の下宿の四畳半へ、戻つていました。

そして、相変らずひとつの食膳、半分ずつたべあい、うかうか三四日たちますと、今度は母の体の工合が思わしくないと云う手紙でした。

私は本所の棟割長屋へ帰つて行きました。捨六さんも、その月の晦日前、下宿屋には無断で、いつぞや大八車に積んできた机や蒲団はその儘、小田原の方へ逐電していました。

――三十一年八月――

## その四　黄　草

小田原へ、逃げて行つた捨六さんに、手紙を書きました。

——お家の方へおたちの前、もう一度あつて頂けなかつたか、と残念に思つております。詳しくは後便に、というおハガキ頂いた時、縫い直しものながら、私の一番好きな綿絽《めんろ》のひとえの仕上げに、一生けん命でした。東京での、最後のランデブーに着て行くつもりでした。それが出来なくなつて、随分がつかりしました。母にさとられまいと、私はそつと涙を飲みこむようでした。

母はこの二十九日に施療病院へ入院し、昨日手術しました。白布で顔をおおわれた、痩せこけた小さな母をみながら、私の頭にはその気の毒だつた半生が、暗雲のように去来し、止め度なく涙が出ました。自分の泣いているのを、同室の人達にみられまいと、眼をそらしますと、朝からの小雨が上つて、灰色の雲の切れ目から、真青な空が夕焼をうつしてみえました。目の下は隅田川の淀みで、遠くには待乳山が黒ずんでいました。

この病院は蔵前橋のたもとにあるのです。やがて、母は手術室からベッドへ移され、のめない水を頻りにほしがります。父は居らず、私一人つき添いでした。父は毎日、私から五十銭貰つて、夜遅くでなければ帰りません。上野の博覧会が蓋をあければ、纒つたお金がはいるのだ、とよくそう云いますが、ブローカーの下廻りみたいな父の見込みなど、あぶないものと思います。

本所押上へ、内職の仕事の出来上つたのを持つて行つたり、取つて来たりするにも、又大川端の病院へも、七銭の電車賃倹約する為め、私は歩いて行きます。質屋へも通います。

可成カットしたつもりですが、愚痴になりそうです。今夜中に仕上げなければならない仕事が、まだ四十ダースばかりあります。早くやつて、今夜のうちに持つて行つて、又明日の分をとつてこなければなりません。書きたいことの万分の一も書けませんが、ここらで止めます。

私のことは御心配なく、お体を御大切に。

女の人とお近づきになつてはいやです。その点呉ぐれもお気をつけ下さい。と、又しても虫のいい。――でも、私は毎日まつ黒になつて働いているから、大丈夫なんですもの。海へおいりになりましたか。御両親の御機嫌如何。なるべくたびたびお便り下さいませ。

五日ばかりして、又私は手紙を書きました。

――お小遣いがなくてお困りの由、一円お送りします。少しですが煙草代にして下さい。家の方とは何の関係もないお金ですから、御心配なく。お友達などから借りないように、私に御相談下さらなければお恨みします。八月始めまでに、一度お目にかかろうと思つて苦心していますが、却々いい考えも浮びません。

母も二三日うちに退院しますが、まだひとりで歩くことが出来ません。父もこのところ少し工合が悪く、煉瓦色の啖吐く始末で、手が廻りきれないので内職の方は止めました。父は長年の病気ですから、気紛れで、今日は大変よく今出かけておりません。
あなたがあまり遠くへ行かれたので、つくづく悲しくなつてしまいます。もう七八枚、書き
直したのですが、私の想いはもつれる糸です。ちつとも、書くことがまとまりません。もうこ
れで失礼させて頂きます。ただ一目お目にかかりたいと思いつつ暮しております。
盆の十六日の午後、私は捨六さんと小田原の山寄りを、登つていました。蜩《ひぐらし》のトンネルみた
いな細い路が、山の出鼻に突き当りますと、真下に青い稲田が見下ろされ、まん中を一文字に
走つている白い道路には、温泉場通いのバスやハイヤーが蟻のように動いています。視界の左
手には、一望のもと海がひろがり、夕映えに燃えた金色の帆影も、ちらちら眺められました。
病院から退院してきた母を、三軒長屋に迎えますと、私はおッ取り刀といつた恰好で、小田
原へやつてきたのです。片道一円五十銭ばかりの汽車賃は、前々から少しずつためていました。
又、私のかかえている草色の風呂敷包には、青地にこまかく白い格子の通つている、仕立てた
ばかりのゆかたがはいつていました。内職の仕事で通う街筋の、ある商店の飾窓にそのきれを
みつけ、買いたくてたまらなくなり、五日目にようやく手に入れることが出来たのでした。
赤松の根方へ生えている下草に、二人は腰を下ろしました。私は風呂敷包を解き、中から藍
の香の鼻を刺す、ゆかたをひつぱり出しました。
「ここなら、人目もなくて丁度いいわ。――着て頂戴よ」

「でも、一寸困るなア」

と、捨六さんは、やせた顔中苦茶苦茶ッとさせ、いつそてれているみたいでした。

「いいわよ。着て頂戴」

「着ているこのちぢみだつて、お盆のしきせに、お袋が拵えてくれた奴だからな」

「そう。でも、この方がずつとあなたに似合うわ。さあ」

と、せき立てるように捨六さんをつかまえ、私は早速人絹の三尺の結び目解きにかかりました。彼氏も、おとなしく私のなすがままです。着せ終つて、袖などひつぱつたりしながら、

「やつぱり、似合つてよかつたわ」

と、私はほつと肩で息するようでした。

「丹次郎の干物が出来上つたろう。ハッハッハ――」

と、捨六さんは、尖り気味の口もとを、苦ッぽく歪めるふうでした。

ぬいだ方のちぢみを、中腰になつて畳みながらも、私はちよいちよい粋なゆかた着た男の方をみやります。何分、神楽坂裏の下宿屋で、一人分のめしを二人してたべ分けた時分から、かれこれふた月近くにもなる逢う瀬でした。

「だが、これを着てちや、家の者には証拠が歴然となつちまうな。一寸、困るなア――」

「着て行つてよ。私だつて、あなたのお母さんなんかの前に、自分の存在を認めて貰うことが出来て嬉しいわ」

と、いうなり、下草の上へ置いてある風呂敷包や、捨六さんの麦藁帽へ手をのばしました。

「もうすぐ暗くなるから、町の方へ降りましょうよ」

「お袋がこの恰好みたら、どんな顔つきするだろうな」

と、捨六さんは、まだそれにこだわっています。この三月始めから、二人の関係が出来、一緒に名古屋くんだりまで飛んだり、東京へ舞い戻ったりしたてんまつなど、捨六さんはまだ両親の前へあからさまにしていないようでした。知れたら知れた時のこと、という風に構えているだけの、自分からはつきりしたところをうちの者に示す気組など殆んどない模様でした。私としても、ずるずるべつたりな、煮えきらないそんな捨六さんのもの腰を満更承知していないわけでもありませんが、先方の都合がどうであれ、こつちはまだ目をなくしている訳でした。何をいうにも、としははたちといつた当時の身空でありました。

街へ出ますと、電燈がついていました。捨六さんは、なるべく明るい通りを避けるように、だだッぴろいだけで人も車もろくすつぽ通らないところや、旧幕時代士族屋敷だつたひつそりした一画へ脚を向けがちでした。何んだか、私と云う女と一緒なのを、ひとにみられたくないという勝手のようでもありました。

檜垣、竹垣巡《めぐ》らす屋敷街を通り抜け、防波堤へ出、海岸へ降りました。

夕凪時で、浜砂のほてりが、余計蒸すようです。二人は、波打際づたい、東の方へ歩いていました。時々、波のしぶきが、顔へかかつたりします。晴れ上つた空には、円い月がかかり、薄く淡く二人の影法師が、足もとにからまるようでした。

葭簀《よしず》ばりの茶屋の、五六軒かたまつている海水浴場あたりは、ゆかたがけ、白シャツ半ズボン姿でごつた返しています。ハーモニカ吹く者、流行唄をどなる者もまざつているようでした。浜施餓鬼の宵で、五六間もある大松明が、幾筋もの縄ではりをとられて立つており、間もなくそのてつぺんから、石油臭い炎が赤あかと燃え始めました。

大松明に火がはいつてから、密集した人々は、三三五五陸の方へ帰り始めました。私達は、聽てそこから又東の方向いて歩き出しました。渚には、波にたおされた燃え残りの小さな松明が、何本となく、藁としんの竹をばらばらにされていたりしました。

「ここへ、少し休もう」

と、捨六さんは、尻餅搗くように砂の上へ腰を下ろし、両脚を丸太ン棒然とのばしました。私も、その傍に横つ尻となり、坐りました。まわりに人の気配はなく、単調なひき込まれるような波の音ばかり。段々、綿絽のひとえ着の肩先が、捨六さんの体に触れ加減となつていました。

持ち前の含み声を、一層かすれ気味にして、

「私ね、おッ母さんも帰つてきたことだし、そのうちカフエを探して、出ようと思つてるの」

「フム。うちで、今迄通り内職の仕事していられないのかね」

「私、うちにいたくないの。内職するの何んでもないんだけど、本当に詰らなく思うの。あなたのことを考えこんでみたり、あなたとあえる日のことを思つたりするだけが楽しみなだけな

の。病気がちのお父さんや、骨と皮に痩せてしまつたおッ母さんと、あの長屋で朝から夜中まで鼻突き合わせていたんじや、私首でもくくりたくなつちまうわよ」

「ウム。――だが、石の上にも三年ということもあるからね。弟さんもそのうち役に立つようになるだろうし、先へ行つてもまるきり肩が軽くならないというんでもないだろう。このところ、我慢して親の為めにまつ黒くなつて働くことが、一番立派な生き方だと思うんだがね」

自分は、いわば高見の見物でいながら、そんな台詞なんかうしろめたいが、という調子もうかがわれる捨六さんの口振りでした。

「でも、ね。四谷の叔母さんなんかも、この間きてこんなこと云つてるの。私があなたとこれまで勝手なことばかりしていたのはひどい。親が困つているのに、なぜもつとよくしてやる気になれないかッて。――おッ母さんと二人で、内職仕事いくら一生懸命にやつても、日に一円五十銭となれば関の山でしよう。それよりカフエへ行つた方が、余計うちへ送れるでしよう。そうするより外、私路がないと思うの。――ね、仕方ないでしよう」

と、私は、あごを胸もとへ押しつけ、すすり泣きとなりました。内職仕事より、客に酌したりなんかする方が、結局私という女に向いているのかも知れません。両親の膝下で暮したのは、尋常小学校卒業するまでで、あとは女中、女工、女給と転々してき、他人のめしで大きくなつたような女でもありました。

捨六さんも、首すじ締めつけられたような顔つきとなり、暫く二人の会話が途切れました。

「あなたは何時東京へお出になるつもり？」

「まあ、九月にはいつてからのことだろうがね」

と、あまり気合のこもらないもの謂です。

「その前に、時々はあいにきて下さるでしよう？」

「ああ」

「カフエに行けば、公休日以外は出られなくなつてしまうわねえ」

「そういうことになるな」

「秋になつて、東京へ来てから、どうしてあなたたべて行くつもり？」

「それが、まだ全然見当つかないんだ。お先真暗というところでね。――でも、東京へ行かずには居られないんだ。手紙にも書いた通り、全く居候も同然なんだからね。朝、商売の方を、気利かしたつもりで、手伝おうとしても、親爺なんかお前にはお前の仕事がある筈だと、こわい顔して手を出させないんだ。五銭十銭の煙草銭貰うにも、お袋の顔色みいみいという有様なんだ。自分の甲斐性のなさで、親を恨む筋合なんかないにきまつてるがね。――とに角、喰えても喰えなくても東京へ行かずにはおられないんだ。その気なんだ」

と、うめくように、心中わつてみせます。一二年前に、小説の売れがぱつたり止つてからというもの、捨六さんはベンベンと下宿に借金積んでもおられず、芸者の写真帳を造る店の外交等二三馴れない仕事をやりかけましたが、どれもひと月と続かなかつたようでした。そんなひとが、書くものは先ず駄目で、力仕事方面も覚束なく、今後どうしてあぶれ者のひしめき合つている東京で喰つて行くことやら、実に心細い極みのようでした。

私は、棒でものんだように、ものが云えなくなつていました。捨六さんも、華奢な上体二つにへし折り、膝小僧のあたり抱いて、うわ目づかい遠くの方をみています。

聴て、顔をおこし、

「今夜は、もう遅いから、帰らなくてもいいだろう」

「いけないいわ。おッ母さん、まだ体がフラフラして、水道栓のところまでも行けないいんですもの。――帰るわ、帰りの汽車賃なんとかしてね」

「そりや心配いらないよ。お前が送つてくれた為替もちやんとここへ持つてるしね。だが、もう十一時を過ぎてるよ、多分」

「そおッ。もうそんなになつちやつたかしら」

「泊つて、明日の朝早くお帰りよ」

「ええ、そうするわ」

「どこへ行こうかなあ」

「宿屋へ行けるお金ないでしよう」

「ウン。お前の一円と、あと二十銭しか」

そこで捨六さんは、抜かれた棒のように、立ち上りました。私も裾の砂粒払い落したりして、二人は重い足どりで渚づたいに歩いて行つて、白茶けた鮪の頭を野良犬が嚙つている近く過ぎ、陸《おか》へ上るセメントの橋を登りました。

防波堤の内側には、トタン屋根のマッチ箱みたいな家が、ぎつしり並んでおり、細いとこへはいつて、黒ペンキ塗つた物置小屋の前に立ち止りました。

錠が、入口の戸にかけてありますが、捨六さんは、僅かばかり離れた母家へ行つて鍵をとつてこようとはせず、ぎりぎり錠に手拭まきつけ、力一杯ひつぱりますと、根こそぎ金具は抜けてしまいました。捨六さんが先に、暗い中へはいり、すぐ梯子段へ足を掛けました。まるで泥棒とてもない寸法ですが、私もあとからおずおずついて行きました。

マッチで細いローソクに火をつけました。それでも赤い畳が二枚、押入れのようなものも設けてあり、ビール箱の机、隅には本や雑誌類がほこりをあびて並んでいるようです。三度三度、母家へ行つて食事すると、すぐここへ引返し、長いことしやがんでいたり、外を当もなくほつき歩いたりしては、時間を空《くう》に送つている捨六さんなのでした。

押入から、体臭のむッとする蒲団をとり出しました。二人して、それを敷きますと、私の方は座蒲団を枕代り、横になりました。蚊が出ますので、色の腿めた木綿蚊帳を、捨六さんはもち出しましたが、カンもつり手も満足でない代物とて、いつそ掛け蒲団代り、頭からかぶつて寝ることにしましたが、二人はまるで網の中の魚といつた恰好のようでした。

八日ばかりたつて、又小田原へまいりました。いつぞや、捨六さんと一緒に名古屋へ飛んだみぎり、旅費の足しにと、質屋へ入れた明石のひとえを、請出す為めでした。浅草六区の、小さなカフエに住込みの口をみつけ、近々そこへ行く手筈となつておりました。

小田原へ出かけても、必ず男とはあうなと、堅く母に駄目をおされてきましたし、私もその気で、単身町端れの質屋を訪ねますと、入れたときの名義が捨六さんになつているので、どうしても番頭はこつちの云い分取り上げてくれません。仕方なく、黒ペンキ塗りの物置小屋へ廻りますと、うまいこと捨六さんはいて、出し抜けの訪問に、小粒な眼をパチパチさせたりするようでした。

わけを話してみますと、捨六さんは質屋へ同行する代り、反対の方角の、丁度国鉄の駅の裏側にある家へひつぱつて行くのです。それにさしたる抵抗を示さないばかりか、いつそ腹の中ではそのことあるをひそかに予期したかのような私の足どりを、母がみていたとしたら、どんな顔つきしたことでしよう。

その頃は、まだ田圃で、近所に家もろくろく建つていない、ぽつんとした一軒家は、トタン屋根の二階建で、階下《した》には百姓の隠居夫婦が、少し足りない女の子と三人で住まつており、二階は襖で三間に区切られて、両端の部屋には勤人と肺病患者の洋画家がいました。中の六畳があいていたのを幸い、捨六さんはその部屋へ私を連れこみました。三度の食事つき月二十円という、小田原としても最低の下宿料でした。

　北側の窓をあけると、太い柿の木越し、丘の横ッ腹がみえ南側の廊下に出ると、青い稲田やとうもろこし畑の向うに、国鉄の線路が光り、その背景に城址の杉木立が黒ぐろとおいかぶさる、閑静といえばごく閑静な部屋でした。ここへは、半年ばかり前、東京で絵の教師をしながら、時々小田原へ油絵を描きにきていた、妻子のあるのつぽうのBさんの二号といつた塩梅式で、ひと月足らずでしたが、寝起きしていた覚えがあります。が、そのBさんの手から、束の間に捨六さんへ移つてしまつていた私の転身振りでした。

　夜は勿論、明るい間でも、捨六さんは殆んど私につききりという様子です。質物を請出すべく用意してきたお金が、その儘二人の小遣いとなり、映画をみに出かけたり、半日がかりで縫い上げた、木綿のきれで作つただぶだぶの、誰がみても吹き出しそうな海水着つけて、あたりに人目のないところを選び、二人して波にたわむれ、潮水のんだり吐いたりして、時のたつのを忘れる日もありました。

　下宿の近くに、アトリエのある芸術院会員のMさんが、お弟子さんと一緒にやつてき、したから「時ちゃん」と私を呼ぶ声をききつけました。夕飯をたべ終つたばかりのところでした。五十を出たお年とも思えない、やさしい若やいだMさんのもの声に、思わず私は立ちかけましたが、差向かいの位置に胡坐かいている捨六さんは、薄い眉のつけねに縦皺造り、渋い面つきです。続けてしたから呼んでいますので、ほつても置けず、私は廊下へ出て行き、手摺りに上体もたせかけながら、せつなげに頸を左右に振つてみせました。

「きているのか」

と、先程の呼び声とは同一人と受けとれない、Mさんの多少剣を含んだ言葉遣いです。

「ええ」

と、口のうち、眼もとにいつぱい媚色たたえながら、私は頷いてみせました。

Mさんと、その連れは、下宿屋の軒先から、暗くなりかけた田圃の方へ、物足りなそうにきびす返して行きました。美術家らしく頭髪をオール・バックにし、丸々と肥えた寸詰りな体へ、白地のゆかた無造作にひつかけるMさんのうしろ姿を、手摺りにつかまりながら、暫く私は見送つていました。

部屋へ戻り、目の前に坐りますと、捨六さんの顰めッ面も、いくらかほころび加減ですが、なんかオリのようなものがその顔に浮いています。

「私がいると、あなた段々お友達なくしてしまうわねえ」

「ウム」

「ああして、ことわられれば、Mさんだつていい気持はしないでしよう」

「仕方ないさ」

と、苦り切つたもの謂です。目のはなせない女だから、こうして、つききりで番しているんだ、と居直りそうな捨六さんの眼色でもありました。

Mさんのアトリエ近くの小屋へ、びつこで独身の四十男Aさんが、今でもいることはいるようでした。相変らず、Mさんの作品、木彫の軍鶏や兎等を近在に持ちあるき、僅かな手数料貰つて暮しているようでしたが、一度はその小屋へ私を入れ、私とひと月近く一緒にいたことのあるひとは、どういう訳か、さつぱり姿をみせません。又、そのAさんの小屋から、私をいきなりここへさらつてきたのつぽうのBさんも、私という者を今度は忽ち捨六さんに持つて行かれた羽目になると、工合の悪い評判も立つたかして、ケチのついた土地へはその後あまり足を向けなくなつたらしい――。

実家の手前、工合の悪いことがあるから、とその晩は泊まらず、翌日の夕方捨六さんは下宿へやつて来ました。あいにく、その時私は隣室の絵かきのSさんの部屋にいました。Sさんに頼まれて、越中褌《ふんどし》を縫い、もう少しで出来上るところへ、つかつかと捨六さんが現われました。いつたいに、すぐ感情が顔に出る、我儘な子供ッぽいたちの人ですが、思わず縫いかけの褌をうしろへ隠そうとした程、捨六さんは顔中色をなしておりました。

Sさんとも、捨六さんは顔見知りの間柄です。芸術家らしくなく、いやに如才ない、べたつくようなところのあるSさんは、べつ甲眼鏡の眼をとろけるようにしながら、捨六さんにいろいろ話しかけますが、彼氏は部屋の入口に突ッ立つたなり、終始私の方をねめつけているばかりです。あと、十針かその位で出来上る縫もの仕上げるどころでなく、Sさんには済みませんと目礼だけして、私も立ち上りました。四畳半に、大きな寝台がひとつ、完成したのや描きかけのカンヴァスがいくつもあちこちにぶら下り、冬のトンビに背広等が、一本の釘に幾枚もつるしてある、ごたごたとむさくるしい部屋を出て、襖ひとつ距てた、ここは又火鉢一つ置いてない、がらんとした六畳へ足を入れましたが、捨六さんは弾みでもついているかの如く、そこへも坐ることとならないようで、表へ出ようと尖つた顎をしやくりあげてみせた。

静かなたそがれ時で、周囲の木立から、カナカナの声がしきりでした。丘を少し登つたところで、平になつている芝生をみつけ、先に捨六さんが腰をおろしました。私も並んで、横ッ尻となりました。

「お前は、どうして、あんなものなんか、縫つていたんだ」

と、怒気をこめた、詰問口調です。

「Sさんに頼まれたから、縫つて上げたんです」

と、私の声は、ひるんだみたい、もうふるえを帯びていました。

捨六さんは、カサにかかつて、

「いくら頼まれたからつて、ものがものだ。――越中褌がどういうものか知らないッ、とでも云うのかッ」

と、噛みつくようなもの謂いぷりに、私は返す言葉がありません。

「ごめんなさい」

と、手取り早く、首すじうなだれ、泣き出してしまいました。

そんな恰好みると、捨六さんも手の下しようがないみたい、何かぶつぶつ口では云つていましたが、段々自分をとり戻すふうでした。山風が出て、楠の木の葉のそよぎがひと際高まりました。

強いて、なんでもなさそうに、

「俺がいなかつた間に、誰か下宿へやつてこなかつたかね」

と、云い、眼角で私のまん円い顔のぞき込みました。私は他愛なく、口をすべらせ、

「ゆうべ、遅くなつて、○さんと△さんと、もう一人×さんと三人して——」

皆、三十前の青年で、同じように彫刻家Mさんのお弟子さんであり、びつこのAさんとはもとより、のつぽうのBさんともかねて親しい仲の人達でした。

「三人一緒に？　それでどうしたんだ？」

と、捨六さんは、上体のり出し、せき込むふうです。

「私、もう、蚊帳を吊つて寝ていたし、廊下へ出て行つて、ことわつたけど、駄目なの。みんな、ひどく酔つぱらちまつているの」

捨六さんは、呼吸を詰らせ気味、

「じや、上つてきたんだなッ」

「ええ、片眼の△さんが、一番先きに部屋へ這入つてきて。——蚊帳をはぐつて」

「フーム」

と、捨六さんは、うなり声立てました。三人の若い酔つぱらいの、しかも含むところのある狼藉振りは、皆まで聞かずとも、捨六さんには眼の前へありありみえたことでしよう——。

翌日、お母さんにでも泣きついてか、それだけのお金を貰い、例の明石を質屋から請出し、片道の汽車賃もあてがわれ、私はうかうか六日間も滞在した小田原から、犬ころのように逐い払われていました。

○

月末に、お父さんから、五十円のお金を貰い、捨六さんは上京しました。今度こそ、どんな仕事でも、ありつかずには置かない、若しもみつからなかつたら憤死してくれよう、という大変な決心だつたそうです。蒲団も行李も置いてけぼりにしてある、神楽坂裏の下宿屋へ先ず顔を出し、金縁眼鏡かけた六十先の女将の前に、二十円並べて、乞食もどきの頭の下げ方し、捨六さんが嘆願・哀願の限りを尽したところで、相手は貸し分の半金にも足らぬものを渋々ながら受取つたようでした。前いた、玄関わきの暗い四畳半から、二階の風通しのいい六畳へ移り、ニス塗りの小さな机などもそなえ据えますと、早速捨六さんは丸の内方面へ出かけて行つたもののようです。そして、一番最初に、地方新聞の支局の一部を借りている、新聞文芸社を訪ねました。その社は、各地方の新聞へ、連載小説や講談よみものなどを提供する、一種のブローカーでした。社長のKさんは、捨六さんと同年輩、以前一緒に同人雑誌をやつたこともある間柄で、二人が顔を向けあうとすぐさま、如何なる条件でもいい、小僧のような仕事でも何んでもやる、などと捨六さんは切り出し、見栄も外聞も忘れ、溺れる者が藁でも摑むみたいな血相の換え方みせますので、始めは友達としてつきあつてきた者同士が、使う者使われる者の関係になるのは何んとしてもまずいとか、君に相当の給料出して来て貰う程こつちの経済力も豊かでない等々、あれこれもつともなところを述べていたKさんも、文字通り捨て身な相手の出方に、半分は根負けした形で、じや月三十円でよかつたら、と声を小さくして云いますと、捨六さんは三十円が三百円とでも聞き違えしたかのような飛びつき方みせるのでした。もつと出したいのだけれども、この仕事始めてまだ一年とたつていないし、毎日顔みせて貰うにしろ、午頃きて晩の五時には帰つてさしつかえないんだし、三十円は下宿代ということにし、あとは君のペンで稼ぎ出して呉れ給え云々、と世馴れた人らしいKさんの扱いに、すつかり感激したり感謝したりで、雪国の出らしく女のように白い顔面ぽつと上気させているKさんにペコペコお辞儀し、狭苦しい応接間出て行きました。うしろからKさんが、「あの女のひとはどうしたんだね」と言葉をかけますと、捨六さんは「あれとは別れちやつたよ」と、あつさり返事したそうです。あれとは、外ならぬ私の謂であること、間違いありません。それもその筈でした——。

約束の日が小田原滞在で意外に遅れてしまつたので、浅草六区のカフエへ出向くのが、バツの悪い仕儀となり、河岸を換えて、横須賀の「港月」という大きな食堂へ交渉に出かけ、うまくその日の裡、私は話をまとめることが出来ました。

階下は、ぎつしり詰めれば、二百人位かけられ、階上は襖などで幾間にも仕切つてあり、海軍の兵隊・下士官がお得意の「港月」で、女中は三十人近くおり、歩いてものの二十分とかからない素人家が、女中達の合宿所となつておりました。相当はやつている店らしく、チップもいい日には四五円になるようでしたが、きて五日目に熱を出してしまい、合宿所でひとり氷袋を額や胸にのせ、寝つく始末となりました。知らぬ土地、顔馴染もいない場所とて、ひどく私は心細い気分となり、捨六さんを呼んで看病して貰いたくなつたりして、小田原へ手紙出しましたが、既に上京してしまつたあとで、何の音沙汰もありません。ですがその時はそれと知らず、男の無情のみ恨めしく、二度目には、もうあなたとはこれつきり、というヒステリックな三下り半をたたきつけるていたらくでした。

その絶交状を送つて、五日とたたない裡に、私は捨六さんの下宿訪問すべく、神楽坂を登つていました。捨六さんが、新聞文芸社へ通い出してから、丁度六日目の午前中でした。

下宿屋に近い、前よく五銭位煮豆など買いに行つたことのある雑貨屋の店先で、二人はばつたり、出合い頭になつていました。捨六さんは、銭湯の帰りらしく、日焼けした赫ッ面を艶つやさせており、白い半袖のシャツに、色揚げした紺のズボン穿き、片手に手拭などぶら下げていました。私は、青い棒縞の明石に、秋草を散らした丸帯、白足袋に紫の鼻緒すげた桐の下駄穿いていました。それに、顔を念入りに塗りたて、頬紅・口紅と精いつぱいな仕上げ振りでした。

ぱつたり、顔のあつた瞬間、捨六さんはまぶしそうな面持ちし、かすかにうなり声までもらしています。まじまじと、私の頭のてつぺんから、爪先まで眺めて、じきに口がきけない様子でした。こつちは、どんな面相して、相手に見入つていたか、さつぱり覚えありません。

聽て、私のまん円い顔に、細い両眼、形は悪くないが、どこかしまりを欠く口もと、それだけが取柄のすつと通つた鼻すじ等、さんざ見つけていたものを改めて見直しますと、幾分興醒めといつた顔つきしながら、例のぶつきら棒な口調で、

「何時、横須賀から出てきたの」

と、こだわりのない挨拶でした。描いた地蔵眉のつけ根、ぴくぴくけいれんさせて、

「昨日」

と、私も口ではそれだけ云つて、二人とも一寸鼻白んだような恰好で、向かいあつていました。

「俺は、先月の二十九日から、出てきたんだ。この前いた下宿だよ」

と、云い、捨六さんは、あごを上げ、一緒にこいというふうな合図です。昨晩、横須賀から出てきますと、私はすぐ自動電話へ飛びこみ、下宿あて電話していました。当人はあいにく留守でしたが、私のカンは間違いなく当つていたようでした。

「今日は、ゆつくりしていられないの。急な話があるからきたんです」

と、奥歯にもののはさまつた云い方してみますと、

「でも、立ち話も出来ないじゃないか」

と、捨六さんは、すぐふくれッ面です。並んで歩き出しました。下宿屋の玄関は、石段を二つ三つ上つた高いところにあり、たとえ僅かの間でも、一人分の食膳二人してたべたためしのある私は、そのまま消えてしまいたいような肩身の狭さかこちつつ、捨六さんのあとについて黒光りした階段上り、左へ曲つて廊下の突き当りにある、あけつぱなされた六畳へ足を入れました。そして立つたなり、

「私、もう一度あなたに遇つて話をきいてみようと思つてきたの」

と、上体をうしろへひき、可成改まつたふうな切り口上でした。

「まあ、ま。坐つてから」

いつぞや、ここへきたばかりの頃、私が二日がかりで造つた、ハンカチのように小さい座蒲団を自分でも敷き、私の方へも一枚ほうり出すようにしました。が、それは目に入らぬようにわきへ廻し、膝頭で坐るようなぎごちない姿勢となりながら、

「あなたは随分ひどい人ね。私が横須賀から出した手紙に、なぜ一度も返事くれなかつたんですッ」

「それは……」

と、こつちの剣幕にのまれて、捨六さんも小心者らしく、少しの間眼の向けどころに窮するようでしたが、

「横須賀へ行つたと云う通知の手紙みた時分、俺はてんてこ舞していたんだ。喰えても喰えな

くても東京へ行かなきやならないし、それには第一、行く時の金をどうしてうちから取つたものか、それもどの位にしたらいいか、随分迷つたり、いろいろとり越苦労したりで、迚もお前の手紙なんかゆつくり読んでもいられない位だつたんだ。――お前の身の上にまで手が届くころの騒ぎじやなかつたんだ」

と、二十九というとしにしては皺の目立つ額に、青筋うねらせ、あぶら汗でも流しそうな気配ですが、それは冷やかにみやり乍ら、

「そうですか。自分のことで一杯で、私のことなんか、てんでかまつてなんかいられなかつたというのね」

と、つけつけしたもの謂で、

「私、あの食堂へ行つて、間もなくひどい熱出しちやつて、がらんとした合宿所でうなつていたの。よつぽど、あなたに電報うつて、きて貰いたかつたんだけど、手紙で遠慮して出したのに、その返事もくれない」

「二度目の手紙? そりあ、俺がこつちへきてから着いたんだね」

そうだつたか、と内心頷きましたが、それとは故意に顔へは出さず、

「小田原から、ここへ廻しても呉れなかつたの?」

「ウム。受取つてないな」

「そう。――じや、私の出した絶交状もみてない訳ね」

「ウム。みてないな。――みないでよかつたよ。ハハハ」

と、捨六さんは、たつて目先をはぐらかすような、乾いた高笑いでした。

「あなたつて、よくよく勝手な人ね」

と、私は、ぎくり骨までとおれと、一本釘を打ち込みました。たしかに、手応えあつて、捨六さんは、眉間に深い縦皺つくり、顔中苦しげに歪めます。こつちも、云うだけ云つてしまつて、胸のシコリが一応溶けた思いですが、それと一緒に、はげしい疼きのようなものが胸もとへ集つてき、捨六さんと差向かいになつているのが、段だんやりきれなくなつてしまいました。と、いきなり、捨六さんの日焼けした両腕が、私の体をつかまえにき、眼は獣もの然と燃えて、その場へ私を横倒しにし、やすやすと目的をとげるのでした。

顔のおしろいまであらかたはぎとられ、蒼い顔して起き上つた私は、

「まッ昼間から、淫売じゃあるまいし。――いやになつちまう」

と、ケンケンそう云つて、白眼がちに捨六さんを睨みつけていました。一寸、きしむような沈黙が、二人の間に立ちはだかりました。

「今日は何んだか、お前に文句ばかり云われているようだ」

と、鼻すじ野卑に縮ませ、解せぬという面持ちしながら、捨六さんは機嫌とりだしましたが、私はつんとそつぽう向き、帯の結び目を直したりしています。捨六さんは、煙草に火をつけました。

「どうして横須賀から出てきたの。おッ母さんでも、又悪くなつて、それで急に――」

「いいえ、杉という人にひつぱられて」

と、云つて、白じらしい顔つきで、相手をねめつけました。

「杉という人?」

と、捨六さんは、ぎくッとしたように、体の向きを改めました。

「ええ。その人はよく食堂へ来ていた人なの。その人と横須賀を逃げ出し、昨晩からその人の姉さんのやつている、高円寺のカラスという喫茶店の二階に厄介になつているの」

「フム」

「その姉さんという人に頼んで、カフエの口みつけて貰い、みつかり次第、私出るつもりでいるの」

「フム」

捨六さんに口をあかせず、ひと息にことの次第を述べてから、

「私、高円寺のカフエへ行つていい? それともあなたのそばにいた方がいい? どつちでも、あなたのいいようにしようと思つて、それできたの」

と、私は、絶交状たたきつけた仔細など、けろりと忘れたような台詞に戻つているのでした。

「フム。そうさね」

と、云つて、そのことより、初耳なる杉なる存在が気になるもののように、捨六さんは表面さり気なくしながらも、ひつこく追求し出すのでした。杉という人は、私より三つ年上の青年

で、予備将校の三男でしたが、土地の三流新聞の艶種記事を漁り歩いては、小遣い銭にしているような、いわば軟派の一人でした。毎日、生ビールを「港月」へ飲みにき、忽ち私と懇意な口きだし、こつちもほどほど調子合わせていますと、東京へ行つて世帯を持とう、高円寺で姉が喫茶店をやつているし、大の弟思いだから、二人のことを万事うまく取計らつてくれるだろうし、行くゆくは姉と一緒に、先祖代々の墓のある仙台へ行き、大きなカフエでも経営するように骨折ろうではないか、などと先方のうまい口車に半分位のつた塩梅の、小田原からはハガキ一枚こないし「港月」にも少しばかりだが前借出来た矢先きで、私は着のみ着のまま、杉さんと田浦駅から汽車へ乗り込んだのでした。その晩、東京の土を踏むより早く、念の為めと神楽坂裏の下宿屋へ電話かけ、留守でしたが、捨六さんの上京を突きとめました。その時彼氏がいたら、どんな一幕が持ち上つたか、あとになれば身ぶるいものですが、捨六さんが不在ときいて、その儘私は杉さんの姉の家へ連れられて行き、早速私の分と杉さんの分両方の就職運動が姉の手で開始される運びとなつていました。

大体その通り話しますと、捨六さんは硬い眼色みせ、

「で、その男をお前は好きになつたのか」

「ただ、横須賀から抜け出してくる道案内にしたまでよ」

「お前は、俺のことも、その男の前では、そんなふうに云つてるんだろう。えッ?」

「誰が、あんなとしの行かない、青ッぽい田舎の軟ゴロなんか、本気で相手にするもんですか。

――私、そんな低級な女じゃないわよ」

「だが、体の関係は出来てるのだろう?」

「まさか」

と、図星でしたが、こともなげに、事実を否定し、

「東京へ着けば、あの人のいやがるのをかまわず、いきなりあなたの下宿へ電話かけてるじゃありませんか。そんなに私が信じられなければ御勝手になさい」

と、居直る振りで、まともに捨六さんの顔をのぞいてみますが、さしたる反応がありません。

「いいわよ。どうせあなたは、この頃じゃ私の十分の一ほどにも、私のことなんか思っていちやくれないんだから。――もうなるようにしきゃならないわ」

と、云い切る口の下から、私はうつむき加減、

「カフエへ行ってるわよ。そこから、手紙出すから、遊びにきて下さいね。――あなたが迎えにきてくれれば、私何時でもカフエを止めるわ」

「アア。が、本所の方はどうなっているの」

「おッ母さん、体の心配なくなって、又内職始めているらしいわ。お父さんも、博覧会が本当に開催されることになったと喜んで、毎日出かけてるって、手紙で云ってきたわ」

「そのカラスとかいう喫茶店、高円寺のどのへんにあるの?」

「いいわよ。明日にでもみつかり次第、カフエへ行くことになってるんですもの」

と、満更嘘でもない方寸云いますと、捨六さんも大して喫茶店の場所にこだわつてこず、私としては好都合でした。

どちらも、あまり気のない午飯を、久し振り二人分の食膳で済ますと、捨六さんは友達から貰つた青つぽい上着ひつかけ、草色のこれも貰いもののネクタイをつけ、私は捨六さんの行李から、その儘にしてあつた二枚のゆかたや足袋などひつぱり出して包みにし、二人揃つて表へ出ました。曇り日の神楽坂を降りますと、ここから近いからいつも徒歩で行くのだと、ある大衆作家の名を云い出しました。五つばかりの新聞に連載している。作家の小説の一回分、毎日貰つてきては鉄筆でロウ紙にうつし、それを謄写版ですつて出来上つたものを、ボール紙に包み各地方の新聞社あて、鉄道便で発送するのが、新聞文芸社に於ける捨六さんの役目でした。

近くというし、離れがたい思いにもさそわれて、私は彼氏と一緒に、その作家邸の方へ歩き出しました。傍の濠には、相変らず濁つた水面へボートがいくつも浮んだりしていました。

「俺も、この仕事で、定収入にありつけた訳だが、月三十円じや迚も二人してやつては行けないし、もう少し何んとか目鼻がつくまで、働いていて貰うんだね。――少しでも、今度は定収入が出来たから、それを土台にして、書く方も一層精出そうと思つているんだ。――それにお前だつて、当分はうちをすけなければならない立場なんだし」

「いいえ、うちの方はどうだつていいの。――先月、小田原から、私中なか帰らなかつたでしよう。あの時、貰い手があるなら、私をやつてしまおうツて、お父さんおツ母さんにそう云つてたんですつて」

「フム。——だが、無理した口上だな、兎に角、その話はもう少し先へ行つてからのことにしようよ。まさか又、半分ずつ下宿でめしを喰う訳にも行くまいからね」

「私、高円寺へ行つてるわ」

電車路を横切り、だらだら坂を登つて、とうとう向うに大衆作家邸の檜の門みるあたりまで、私はついてきてしまいました。ここで別れたら、それが最後といつたふうな予感に、私の脚もとはしびれるばかりでした。

大きな門の、くぐり戸から、桃割れに結つたごく小柄な女のひとが出てき、こつちをいくらか斜視気味にみています、捨六さんは、その婦人と知り合の間柄でもあるらしく、反射的に桃割れのひとの視線を外し、そそくさと私の傍から離れて行きました。彼氏と、小柄なひとが、挨拶するところを、うつろな眼差しで遠くから見届けても、私の両脚はなお突ッ張つたきりのようでした。

○

同じ日の八時頃です。

昼間と変らない、おしろい臭いいでたちで、私は喫茶店カラスの、丁度カウンターの前へ、立つていました。客は、杉さんの就職の為め、姉にあたるひとの口ききできて呉れた三人の背広が、一つのテーブルを囲んで、何やら額を集めて、ひそひそ話しあつているだけです。聞くでもなく、聞かぬでもないといつたように、私はそのテーブルの方へ体を向けていました。

と、横手の小窓に、捨六さんの顔が現われました。そして「おい」と、小さな声で私を呼びます。頭髪の赤い、私より二つ三つ年上の女給も、小窓からのぞいている顔に気がついた模様ですが、かまわず私は店の勝手口から出て行き、誰かに追いかけられているような裾捌きで、暗い路地を奥の方へどんどん小走りに走つて行き、突き当つて、そこから明るい通りへ曲ろうとするあたりで立ち止りました。勿論、捨六さんは、私のあとから、懸命にやつてきています。

盆の十六日、小田原へ持つて行つて、丘の出鼻で着せたことのある青い地に細かい格子の通つているゆかたを捨六さんはひつかけていました。

路地の暗がりで、差向かいになるより早く、

「迎えにきたんだよ」

と、捨六さんは、せかせかしたもの謂です。

「どうして?」

私は意味がよくのみ込めない、という顔つきでした。

「下宿へ帰るんだ」

「困るわ」

と、反射的にそう返事してみせましたが、咄嗟に考え直し、

「じや、ここで待つててね。――みつからないようにね」

と、云い残しますと、私は大股でカラスへ引き返して行きました。高円寺とだけ知らせてあつた店を、いくら駅から歩いてものの十分とかからない場所とは云え、よくも探し当てたものだと感心する暇も、昼間大衆作家の門前では、石ころのように私を路傍へひとり置いて、さつさと行つてしまつたような人が、あれから大して時間がたつていない今、どうして又急に「迎えに」なんかくる気になつたのか、そのへんの事情を考えてみる余裕も、私にはてんでありませんでした。

捨六さんは、待つていたが、私が容易に戻つてきませんので、同じ路地を引き返し、カラスの近くまでやつてきて、暗いところへ身を隠し、じつと息を殺しているのでした。すると喫茶店の二階に電燈がつき、少しするとものを投げ飛ばす音、男の怒つた金切声などが、明るいところから聞えてき、更に二、三分たつと、勝手口よりはうような姿勢で駈け出してきた私を見、急いで自分も暗がりから飛び出して行きました。

「早く」

そう云つただけで、捨六さんの顔をみるどころではなく、私は無我夢中で、今しがた通つた路地を走り続けました。捨六さんも、あとを追つています。

明るい通りへ出、少し行つたところで、私は肩で息しながら、ようやく捨六さんを振り返るようでした。

「私、私、本当に、困つちやつたわ」

と言葉も、とぎれがちです。凡そのところは察しがついてる、といつた捨六さんの面相でした。

「お店に、三人ひとがいたでしよう。この近くの製薬工場の書記の口が、あの人達の骨折りで杉さんあらかたきまりかけてるところだし、細君ということで、私も三人に紹介されたばかりだつたの。――困つたわ。でも、あなたがきたからつて、杉さんに頼んでみたの。すると、出かけなくつてもいいだろう。君がことわりにくければ、僕が行つて、そう云つてやる。籍がはいつていなけりや、夫でも亭主でもなんでもないんだ。あんな眼ばかりギョロギョロしている不良じみた奴がなんだいッ、て云い出すの。二階から、あなたの立つているの、よくみえるんですもの。――今にも、杉さん出て行きそうにするから、私が先に階下へおりようとすると、うしろから抱きとめ、眼に一杯涙をためて、貴様は人間じやないんだ。行くなら勝手に出て行けッて、それから私の着物や何んかを足許へたたきつけてよこすの」

「ええ。でもそれを拾つたりすれば、どんなに乱暴されるかわからないと思つて、投げているスキに、部屋を出ようとすると、飛んできていきなり私の左腕摑み、よくも僕をこんな目にあわせたな。姉の手前をどうするんだッ。店にいる三人に何んと云つたらいいんだッ。――復讐はきつとしてやるッて、もの凄い顔するの。私、あのひとにことわつてきますからと幾度も念を押して、やつと出てきたの」

明るい通りから、又細い路地へ曲りました。檜垣などに取り囲まれた小さな家が、両側に規則正しく並んで、ひと通りはさつぱりありません。

「ね、又ゆつくりあいましよう。今夜はこれで帰らせてよ」

と、捨六さんの横顔のぞきますが、彼氏は眉を険しく吊り上げ、ものを云いません。

「これなり、あなたと一緒に行つてしまえば、私本当に人でなしになつてしまうわ。――あの人の前に今夜は帰らなければならない。帰らしてよ。ね、いいでしよう」

「いいや、下宿へ行くんだ」

テコでも動かぬといつた調子です。

「いいじやないの。私の行くカフエ、もうきまつたの。今夜からでも移るところだつたの。そつちへ行けば、何もあの人のそばにいる訳じやなし」

「もう、カフエなんかで働かず、俺の下宿で暮すんだ」

「あなたの下宿で、小さくなつているのなんかいやだわ。いやだわよ」

「兎に角帰るんだ。杉とかいう男には一寸なんだが」

「じや、今夜だけよ。あした帰してね」

「あしたになつて帰つても、あの男は受けつけまいよ」

「そんなことないわ。なんとでも云つて帰れるわよ。あなたより、ずつと年下だし、不良がかつてても、中身はからきしウブな男ですもの」

「馬鹿ッ！　あの男か俺か、どつちかにしろッ」

「じや、あなたが好きでなくなつたと云つたら、ここから帰してくれる？」

と、私は、相手の横ッ腹、ひと抉りするようでした。忽ち、手応えがあつて、捨六さんは顔を前に出してしまい、小さな眼はパチパチ凍つた火花散らすようでした。

更に、もうひと抉り、

「あなたという人は本当に冷たいから」

と、きめつけますが、そう云う私の声は可成ふるえを帯びていました。

捨六さんは、ぱつたり、歩く力も抜けてしまつたようです。こつちの惚れているのをよい事に、結構つけ上り気味だつたひとも、云われてみれば思い当る節が数々自分でも手にとれたことでしよう。

聽て、だまつて、うつむいたなり、捨六さんはのろのろ歩き出しました。ここで、私がきた路を引き返して行つたにしろ、先方には呼び止めるだけの、元気も張も何もなくなつていたはずです。

だのに私は、やはり捨六さん同様、足もとに眼を落しながら、影法師のように並んで歩き出すのでした。

路地は、原つぱのようなところへ消え、そこから黄ばんだ葉先に夜露の玉つけた草むらを、二人はふらふら行きました。どこへ出るのか、そんなことなどどうでもいいといつたふうな足どりでした。

「兎に角、帰つてくれよ」

と、むせぶように、捨六さんが口を切りました。

心持ち頷いて、

「あの人と、今月一杯うまくしていれば、芸者だつた、あの人の死んだ情婦の着物がそつくり貰える約束だつたのに……」

「ハハハ。着物と俺を一緒にしちゃいけないな」

露ッぽい原つぱを突つ切り、畦道へ出て少し行くと、又両側に垣をめぐらすちんまりした住宅が並び始めました。

二人は、高円寺より一つ向うの阿佐ケ谷駅へ辿り着き、電車に乗りました。

「ホームで見張つているといけないから、隅の方へかけましようよ」

「そうしよう」

電車はそれ程こんでいません。無事高円寺駅を過ぎました。

それから、四日目の朝、風呂敷包にスリッパまで押し込み、ひとつずつ下げて下宿屋を逃げ出し、同じ牛込の地蔵横丁の、米屋の二階の四畳半へ移転し、私達のままごとめいた世帯振りが始まりました。


――三十一年九月――

# その五　下　草

神楽坂裏の下宿屋から、牛込地蔵横丁の米屋の二階四畳半、間代月十円という部屋へ、捨六さんと私が、風呂敷包を一つずつ下げて移転してきたのは、九月の始めの、からッと晴れ上つた日の午前でした。

捨六さんは、すぐ勤先の新聞文芸社へ出かけました。私も、ひと脚遅れ、本所の方から、代々木上原へ引つ越したばかりの、両親の家を訪ね、こういうわけだと云い、綿の硬くなつた煎餅蒲団、お米を一升ばかり入れた袋、醬油の詰つた罎、ひちりんや、玩具のように小さいちやぶ台等、母と二人で背負つたり下げたりして、電車へ乗り込みました。いわば一人娘である私の、嫁入り道具といえる品じなを顧み、母は溜息のようなものを、ふッと洩らしたりしましたが、私にすれば格別不足がましいどころか、だまつて捨六さんと世帯もつことを承知してくれた両親に手を合わせたいようでした。借りている家が、下町から代々木の奥に変つても、うちの暮しは別段どうということはありません。父は、やはり博覧会関係の仕事へ、毎朝はんで捺したように出かけますが、母は母で、前まえからと同じように、その裡何か銭とり仕事始めなければ困るらしく、このところずつと、父の健康がどうにか異状ないことだけが、みつけものと云えばみつけもののようでした。

僅かな世帯道具でも、はこべるだけ運んでしまいますと、私はうちの事は自然忘れたように、四畳半での明け暮れに没頭しました。手まわしよく、茶碗、箸に到るまで、ひと通り揃つているお膳だてに、捨六さんも少なからず驚き、感謝する様子でしたが、まるで私という者を親許から横取りしてきたかに心得ている如く、二人揃つて代々木の方へ挨拶に出かける仕儀など思いもよらないふうでした。私も、そんな世間並なきまりはどうでもいいと思い、たつて捨六さんに顔出しすることを強いませんでしたし、うちからも気を利かしたみたい、彼氏の留守を狙い、母がたまにやつてくるだけでした。

さらしのきれを切つて、その裾の方へ、大根で型をつくりインキを沁みらせてぺたぺたおし、ブリューの花形並べたカーテンを仕立てました。南を向いて、日当りだけはよく、手摺りから真下に、小売店や何んかがずらッと並んでいる地蔵横丁の通りがみえます。佃煮屋、魚屋、八百屋と、毎日口へ入れるもの売る店も、すぐ鼻先きにあり、階下の米屋の女将さんのいうところでは、このへんは他と較べて値段も一二割は安いとの耳よりな話でした。

移つて、三日目の晩、早稲田の方から内職の仕事をみつけてきました。さるデパートへ納める赤ン坊のチャンチャンコで、仕上げて一枚が十銭という手間賃でした。かねがね、そんな賃仕事はお手のものですが「私の化粧代になる位がせいぜいだから」とか、捨六さんには一寸釘を打つて置きました。ところが、勤めに出かけたあと、午頃から夕方まで、一人で留守しているきりで、外に大してすることもない身でありながら、十枚のチャンチャンコ仕上げるに、丸三日もかかるという塩梅式でした。

やはり、新世帯には、晩方の膳ごしらえが張合いで、玉子を山のように積んで置く店へ、赤い襷がけ姿ではいつて行つたり、捨六さんの好物である高野豆腐など煮る時が愉しみでした。彼氏がうまいと眼をなくしてたべてくれれば、こつちもそれで満足で、私の味覚など問題にならず、甘党の相手になびき、煮ものに入れる砂糖の量始め番度《ばんたび》多くなつて行きました。ある晩、銭湯の帰りがけ、古道具屋の店先に、小さな瀬戸ものの円い火鉢をみつけ、どちらも気に入つたところで、五十銭出してそれを買い、四畳半へ下げ込んで、互の額をぶつけ合うような恰好しながら、ひびのいつているところへ、紙をはりつけたりしました。

思い立つて、近所の髪結い店へ行き、桃色の手がらかけた丸髷姿で戻り、ひちりんの前へ坐つて、捨六さんの帰りを待つていました。彼氏は虎の門近くにある新聞文芸社から、いつも電車へ乗り、どこへも寄り路せず帰つてきます。子供のようにお腹をすかして帰つてきます。

急な階段を上つてくる足音に、私はいずまいを直してました。

ネクタイなしの開襟シャツ、友達からの貰いもので上と下とは色の違う、相当くたびれた背広姿の捨六さんは、たてつけの悪い襖を押して這入つてきます。午頃から出かけ、ある大衆作家のところへ廻り、その作家が地方新聞に連載している小説の一日分を貰つてから社へ行き、原稿をロウ紙に鉄筆で写して、出来上つたものを謄写版で刷り、五組位作つてそれを一つずつボール紙に包み、北海道、九州といつたそれぞれの新聞社へ鉄道便で発送してくるのが、月給三十円の彼氏の役目で、仕事としてはごく造作ない、中学生でも出来そうなことですから、一人前の働きをしてきた帰りというような疲労感など、一向その顔にみたことはありません。

「ほう、大変な恰好してるじやないか」

と、捨六さんは、小さな眼を糸のようにし、罪のない顔の崩し方でした。桃色の手がらかけた髪形は、捨六さんを相当くすぐつたようでした。

膝もとから、少しはなれたところへ、私の手製であるハンカチのように小さい座蒲団敷き、坐りのいい胡坐をかいて、

「よく、似合うよ」

「そう」

と、私も幾分てれ気味の、

「髷も櫛も、みんな私大事にしていたの。小田原のゆたか(カフエの名)で働いてた時買つたの」

「そうか」

「あたまは結構でも、このなりじや、ね」

と、云いたいところを呑みこんで、私はあごを襟もとへこすりつけるようでした。しんのところどころはみ出した名古屋帯、着ている袷は、幾度も縫い直した覚えのある紫がかつた紡績ものでした。晴れ着の方は、質屋へ行つておりました。

思わず、曇りかけた顔をあげ、たつて弾みをつけるように、われとひと膝のり出して、

「あなた、子供がほしいと思わない?」

と、私は、心持ちはしやいだもの謂です。

「子供ね」

と、捨六さんは、鸚鵡《おうむ》返し眉のつけ根へ八の字をよせるふうです。かまわず、こつちはおつかぶせるように、

「私、石女なのね。ちつとも、そんなしるしがないでしよう」

「そうのようだね」

「私、子供がほしいわ。子をおろす仕方があるように、石女でも子が出来る手術が何んかないものかしら」

「さあ、ね。きかないがね」

と、持ち前のブッキラ棒な口で云つて、いつそその方がいいのだ、とあるような重い面持ちとなるのでした。

「年寄つてから、子供のない夫婦というものは、みじめなものだと世間でよく云うね。又女の身で子がほしいのは当り前過ぎることだろうがね。——お前の気持はよく解るんだが」

と、一応前置きし、私の顔をちらッとのぞいてから、

「まだ、その時期じやないんだよ。何しろ、あすこから貰つている金高も金高だしね。又、お前がいくら内職に精出したところで多寡が知れている。——俺の書くもので、相当な金がとれ

れば文句なしなんだが、その方も一寸ね。ひと落つきしたら、売れても売れなくても、書いてみるつもりではいるんだがね」

と、頼りなく言葉尻吸い込むようでした。ひところは、新作家の一人として売り出しかけた捨六さんも、文壇がプロレタリア文学に席捲《せつけん》されてしまいますと、煽りを喰つて、書くものはカラ駄目になつてしまい、この二三年来、殆んど失業状態という有様でしたから、私という女と曲りなりにも世帯もつたのをきつかけとし、又出直そうという気組はなくもないにしろ、これまで受けた手疵のほどは思いの外深いもののようでした。

返答返しの言葉も覚束なく、私は鼻すじ凍らせ気味、うつ向いてしまいました。

「女が子を生みたいというのは、誰にきかしたつて、贅沢でもなんでもないにきまつてるよ。——俺に夫としての甲斐性がないから、というだけの話だが、今のところ我慢して貰う外ないね。きいて呉れるね」

「ええ」

と、石女であつて幸みたいな女は、神妙に頷くしかありません。

「今晩のおかずは何んだね。ハハハ——」

「はまぐりのはいつたごはんにしたわ」

「そいつあ、ご馳走だね」

と、捨六さんは、眼尻を痛い位ひきつらせるような笑顔でした。

○

月が変ると、すぐ私は内職の口を失つていました。始め十枚のチャンチャンコ仕上げるのに三日位かかり、それが段だん四日五日とのびがちになつたところで、すつかり周旋屋から愛想つかされてしまつたのでした。何分、早稲田界隈は私達と同じような世帯の多い地域で、その店にはいつでも内職を貰いにくる人達が、四人五人とつめかけているような訳でもありました。階下の米屋の女将さんに、別の口はないかと糺してみましたが、あいにくと心当りはないようでした。そこで私は、捨六さんが勤めに行つている間じゆう、古雑誌のページを処在なくめくつたり、彼氏が前雑誌などに発表した作品の切り抜きをひつぱり出して読んだり、だらしなくうたたねしてみたり、この頃近所の蕎麦屋から貰つてきた三毛猫をじやらしたり、時にはわざとその首を締めて苦しがるのを可笑がつたり、或は金色した目玉を針でつッついたりして、憂さ晴らしとするようなふやけ方になりがちでした。

十月に這入りますと、捨六さんは小田原の実家から貰つてきた金を、そつくり使い果していました。私達母子が、代々木の方から運んできた道具だけでは足りないたしまえに、二三の品を買つたりして、二人は余分なついえした覚えもありませんが、かつきり月三十円の収入に直面する羽目となりました。しかも、三十円は十日に十円ずつ、新聞文芸社から区切つて支給される工合になつております。

米の一升買い、はかり炭の購入等が始まりました。食膳に出る、おかずの選り好みは私に一任という形ですが、その値段について、いちいち口ばしをはさみ出すのみか、ある時など捨六さん「三日前に買つたばかりなのに、もうなくなつたのか」とカラになつた醬油の罎持ち上げ、ぼう然自失という恰好示したりする塩梅でした。

こつちも、くさくさして来て、手数も省けますので、横丁の店先に並んでいる煮物や煮豆類で、成るべく膳の上を繕う段取りとなりました。自分の手料理で、男の機嫌をとる仕方も、思えばひと月と続かなかつた夢のようです。十日に一度位、わざわざそこまで遠路を歩いて行つて、すり切れたような映画をみてくるだけが、唯一の贅沢といえば贅沢でした。たまには、牛肉のすき焼位たべに行きたいと云いましても、捨六さんは何んのかのとケチケチしたことを口にし、いずれ原稿を売つて金がはいつたら、など、と先へのばす工夫ばかりするようでした。その癖、相変らず、通信社から矢の如くまつすぐ帰つてくることは帰つてきていながら、机に向うというような様子を皆無みせません。もつとも、机はありませんが、書こうと思えば、二尺四方あるかなしの小さなちやぶ台でも、畳の上へ腹ンばいになつても、ペンがとれない筈はありません。ですのに、一向それらしい恰好しない捨六さんという人は、廃物じみたものにうつつてくるようでした。当人に、その気があるなしに関らず、世間にちやんと通用する原稿など書けなくなつてしまつた人間なのだと匙を投げ出したくもなるのでした。

あきらかに、相手が鼻につき出した、という私の顔つきだつたに相違ありません。手持ち無

沙汰な時間がやりきれず、いつも早寝の二人ですが、私は床にはいりばな、

「今日、三時頃、代々木からおッ母さんきたの。それで、あなた月給いくら位とつてるッて、くどくきいたわ」

と、ひと息につけつけ云つて、

「いくらきかれたつて、三十円だなんて、私云えやしない。――なんぼ、親だつて恥かしくつて」捨六さんの方は、聞えない振りです。

「巡査だつて、東京じや、じき五六十円の月給とつてるわッ」

と、毒づくように続けますが、相手はまだうんでもすんでもありません。

じれて、それまで天井みていたのを、くるりと捨六さんの方へ体を向け、その胸倉とッつかまえるみたいな切り口上で、

「親の前にも、はつきり、いくらとつてるッて云えないなんて、本当になさけないわ。――ねえ、あなた、あなたは何時になつたら、ちやんとした一軒の家へはいれるようにするの」

しまいには、金切り声となり、そんな見込みなど十中八九持つてそうにないのはとくと承知していながら、私はついやきもき口説たてていました。

すると、捨六さん、始めて口を割り、

「すまないよ。本当にすまないと思つているよ。俺のような者と一緒になつたお前が不憫なんだ。――お前は、不具者でも精神病者でも何んでもない女だ。それなのに、親の前でも恥かし

い思いさせたりして。——」

と、穴があつたら、その中へもぐつてしまいたいというような、ひどくへりくだつたもの謂です。が、だからといつて、世間並みに女房を満足さす能力欠くひとは、それより外、女を喜ばす方法はないと自ら知り尽す如く、両腕のばして私を抱き寄せ、毎晩のことながら、もの軟かな手つきで、夜の営みにとりかかろうとします。それを又、思う壺とばかり、私の方も受身な姿勢となつてしまうのでした。

○

十一月早そうのことです。

白毛染めした髪に、ちんまりと丸髷をのせ、五十を越した皺顔に、親子らしく眼の小さなところがよく似ている、ずんぐり肥えた捨六さんのお母さんが、米屋の二階を訪問しました。水仕事に荒れた手先に、お母さんは大きな風呂敷包を下げておりました。

私のすすめた、例の座蒲団を遠慮する人と、初対面の挨拶しました。お母さんの眼には、心持ち涙がにじんでおり、私も全身のひき緊るような勝手でした。傍の捨六さんは、二人の出合いに、なんか落ちつかぬふうに、そわそわした眼玉の動かし方です。

出した茶を、お母さんがのみ終るより早く、捨六さんは駄々ッ子然と、肩先きを振るようにしながら、私に何か着るもの買つてくれとねだります。そのつもりで、小田原から出てきたお母さんは、すぐ承知の返事をし、風呂敷包から、着物も羽織も綿のはいつたガス銘仙の男物や、鯵の干物等とり出しました。捨六さんが、尋ねてみますと、お母さんは、お父さんも達者で、弟さんもよく働いており、箱根の旅館へ魚売る商売にしろ結構忙しいというような挨拶でした。

三人揃つて、米屋の店先を出ました。街すじには、紅葉した街路樹の葉を落す風が吹いていました。円タクで、M百貨店へ行き、七階の食堂へ這入りました。お母さんは、好物の茶碗むし、捨六さんはちらし丼「あなたは？」とお母さんにきかれたので、私は捨六さんと同じものをと答えたりしました。

食堂を出、三人は売り場の前を歩き始めました。私より、ひと廻り小さく、私のみつともないような身なりと違つて、ピカピカした着物着ているお母さんは、捨六さんより私と一緒に並んで歩きたがるようでした。こつちを、頭から嫁ときめてかかつている先方の心遣いもうれしく、私はより添うようにして、歩調を合わせました。珍しい反物などみつけますと、お母さんはその前にいちいち立ちどまり、私の顔を子供ッぽくのぞき込んで、説明を求めます。こつちのはつたりじみた返答にも満足して「若い人は感心だ。よく知つている」などと大仰に云つて、私の顔を赤くさせたりしました。

五階の特売場は、大変な人だかりで、綿屑や何かで、売り場は煙つているみたいです。女ものの反物が積んである前へかかりますと、捨六さんは真先きに腕をのばし、あれかこれかと、私の為めに買う着物に血眼となるようでした。そんな振舞いに、私はハッとし、暫は目の前の反物の色柄も、眼にうつりません。ですが、息子が始めて世帯を持つたというのに、何一つ送つてもこず、知らん顔している小田原の実家に対する私の不満を、捨六さん腹に据えての上の仕業のようでもありました。

結局、三人揃つて、それがいいときまつたのは、柄が新式な、一反三円のまがい銘仙でした。包装紙にくるんで貰い、それをかかえ、人ごみの特売場を出ましたが、お上りさんらしく、お母さんは四階、三階と丹念に飾りつけの品物を見て廻るのです。捨六さんも、飼犬のように、二人の傍から離れません。お母さんが心配してしまい、社へ遅れはしないのかと注意したりしましたが、捨六さんは首を振り振りついてきますので、しまいにはお母さんが「もう、いいから」と立ちどまり、捨六さんを追つ払らうようにしましたが、彼氏はいうことをきかず、とうとう地階までついてきて、やつとそこで二人の傍を離れて行きました。

お母さんを、新橋駅で見送り、私はまつすぐ米屋の二階へ戻りました。夕方の五時頃、いつもより弾みのついたような捨六さんの足音が、階段に聞えました。廂のぐらぐらした鳥打帽かぶつたまま、私の鼻先へ胡坐をかき、M百貨店からお母さんと別れるまでのしかじかを、せかせかと問い糺したりします。

あらましを、かいつまんで話して、

「これで、炭でもお買いッて、お母さん五円呉れたわ」

「そうか。そりやよかつた」

「あなたには、ないしよにしてけッて云つてたけど」

「それを自分から云い出してしまうところは、時子らしいな、ハハ」

「だつて」

「今日は思いがけない福の神の到来だつた。よかつたな。よかつたな」

「いいお母さんのようね。初対面の私の前で涙をみせたりして」

「うん」

と、捨六さんは、はしやぎ気味だつた面相しぼませました。

それから三四日して、私の母がやつてきました。これまでも、四回顔みせているのですが、いつも捨六さんの留守中に限つていましたのに、その時は丁度階段の途中で彼氏と摺れ違つておりました。母は、上体を折つて、ていねいにお辞儀し、下へ降りて行きましたが、捨六さんはろくすつぽ挨拶らしい身振りを示さず、やり過ごしたようです。彼氏は私の母という者を始めてみた訳でした。

部屋へ這入つてくるなり、

「今のは、お前のおッ母さんなんだな」

と、捨六さんは、多少取り乱したような言葉遣いです。

「そうよ」

と、私はこだわらない顔してみせますが、捨六さんは、うしろ暗いところをもつ人みたいな滅入り方で、一寸顔そらせながら、わざとらしく大胡坐かいていました。これまでに、ただの一度、代々木の実家へ顔出ししてくれとこちらから頼んでいましたが工合悪そうにいっこう腰を上げようとしなかつた捨六さんでした。いつたいが、内気な人見知りの強いたちですが、それだけとはかたづけられない、引込み思案なひとにありがちな我儘な横着なところも多分に持ち合わせるようでありました。

「お前のおッ母さん、却なか美人じゃないか」

と、ひしゃげた、へつらい笑で顔中苦茶苦茶ッとさせ、

「細面《ほそおもて》で、色も白いし、四十過ぎたひととはみえなかつたな」

「階段の暗いところで摺れ違つたからよ。白くも、若くもないわ。陽の当つてるところでみれば、随分世帯やつれした、しなびた女だわよ」

「そうかな。でも、あんな細面のひとから、お前のような顔のまん円い女がよく出来たもんだね」

「私、お父さん似なのね」

「フン。そんなことはどうでもいいが、お前のうちの方、うまくいつてるのかね」

「ええ。お父さんの体もひき続いていい方で、毎日外へ出かけているし、本所にいた時分のような困り方もしてないらしいわ」

と、聞き手にも、自分にも、半分は気休めめいたことを云つていました。くる度、母はこつちの気を汲むかして、うちのことは何も心配いらない、ただ捨六さんとうまくやつて行くよう

に、とそういうきりですが、ありようは決して楽観を許さないものと、自分のカンで承知していました。つとめて、愚痴をこぼすまいと遠慮する母にあう度毎、捨六さんと一緒に四畳半で寝起きしている身の上が、うしろめたく思われないでもありませんでした。

例年通り、日が短かくなり、朝晩の寒さがつのりました。私には、三度三度食事の支度するのが大変面倒になりました。そこで、捨六さんに、その方が経済でもあるから、これからは午と晩の二度にしようと申し立てました。彼氏にもさしたる異議ないようでしたが、それを実行に移しますと、又ちぐはぐなものが出来上つておりました。何分、夜長の季節に、どこへ行くあても、何をする術もない二人は、時間を持てあまして、大抵九時頃には床へ這入つてしまいますから、朝は太陽の上るか上らない裡に、目をさましてしまいます。日に三度の食事だと、普通の人が起きる時分に床を離れて丁度いい勘定ですが、二度となりますと、朝、午兼帯の膳にはどうしても十時位に向わないと工合が悪い勘定ですから、裾の方へへんな花形の模様並べたカーテンが、上の方まで明るくなつても、まだ二人は床の中で、もじもじと寝返りうつたり、捨六さんは煙草をすつたりして、空しく時間の過ぎ行くのを待つていなければなりません。私の方はまだしも、可成せつかちな一面のある捨六さんとしては、相当こたえるところだつたでしよう。

ある朝でした。つもつたうつぷんぶちまけるつもりか、いつになく邪険に、捨六さんが背中合せに長くなつている私の肩口を幾度もこづき「起きろ。起きろ」とこごと云います。こつちも、とつくに眼を醒ましているのですが、まだ七時か八時、今から起きてしまつたんでは、あとがもたないと思いますから、いつそ狸寝入りきめこんでいますと、続けざま私の頭のまん中あたりへ鉄拳が、ぽかぽかッと飛んできました。そんなに烈しく打たれたためしは、これまでもなかつたし、そのまま寝ていたら、なおひどい目にあうかしれないと、私は相手の顔はみず、ぷすッとした面持ちで、床を出ました。

いつもより早目に、二人は朝・午兼帯の膳に向いましたが、私は顔面を硬直させ、ものをいう気もしません。仕方なさそうに、捨六さんも砂でも噛むようなたべ方で、味噌汁にはまぐりの佃煮、香ものなどつッ突いていました。終ると、ちゃぶ台から、少し離れた位置へ座蒲団を敷き直し、バットをふかし出すついでに「馬鹿に天気がよさそうだ」とか今日はK（新聞文芸社の社長の名）が金を呉れる日だから、帰つたら活動見にゆこうとか、私の機嫌とるような口きき出しますが、私は強情にろくな返事もしません。石のように顔色きしませ、ちゃぶ台をふきんでふいたり何かしているきりです。する裡、捨六さんの態度ががらりと変り、怒る時はいつもみせる三白眼となつて、罵言を投げつけ始めます。

私も、いつぺんに、頭に血がのぼつてしまい、ふきんをほうり出し、捨六さんの方へ体を向け、いまいましげに、

「私、もう、味噌汁なんかつくるのいやになつたから、下宿屋へでもどこへでも移つてよ」

と、挑戦的なもの謂です。

「何にッ？」

と、云つたが、余りのことと、捨六さんは眉の間をますます険悪にしてみせます。

「もう、いい加減、ひとの台所の隅で、小さくなつて、なんかつくるの、いやになつてしまつたわ。そんな気兼ねのいらない下宿へでもどこへでも移つてよ」

と、まくし立てますと、捨六さんも思い当るところあるかして、いつたんたじたじとなりましたが、すぐコン畜生といつたふうに、額へ癇癪すじぴしぴしうねらせながら、無言で私を睨みつけます。

「下宿屋では都合が悪いなら、台所のあるちやんとした一軒の家へ這入れるようにしてよ」

と、相手の胸倉、こづくようないやがらせです。捨六さんは、忽ちひるんでしまいました。確かに手応え、といよいよ図にのり、

「ね、それもこれも駄目なら、二人は別々になりましようよ。――私は、又カフエでも行くわ」

と、勢あまつて、別れ話という訳でした。思いがけなかつた私の出方に、みるも気の毒な位、捨六さんはすくみ上つてしまいました。いつぺんに、高みから飛び降りたはずみで、したたか尾骶骨でも打つた男のように、声までおろおろさせて、

「そ、そんなことは云わないでくれ。な、殴つたのは悪かつた。――あやまるよ。お前に、肩身の狭い思いさせていながら、勝手なことばかりして済まない。――手まで上げたりして、かんべんしてお呉れ」

と、心の中では、私の前へ両手をつき、平あやまりにあやまるような恰好です。

「いつまでも、こんな間借りしているつもりでもないんだ。その裡には、ちゃんと台所もついた家へ這入れるようにしようと思つてるんだ。――そんなに長いことじゃない。ここンところ我慢してくれ。――ね、つき合つてお呉れ」

と、小さな眼に、涙までにじませ、男として、これ程へりくだつた口は容易にきけまいと思われる様子でした。

そんなに、縋りつくようにされますと、工合の悪いときは、何んでも先へのばすというのがあなたの十八番《おはこ》だ、もう耳にタコよ、などと無下に突ッ放しきることもならず、私もうやむやな顔つきになつてしまうのでした。

いつか、勤めへ出かける時間がきました。

丁度、上背の同じ位な捨六さんのうしろへ廻り、吊る下りの中古品で、重いばかりで大して暖くもなさそうな、ようかん色したオーヴァーを、いつも通り着せにかかりました。

○

十二月になりました。

なかば少し過ぎて、これは新聞文芸社のボーナスだ、といつて捨六さんは、五十円のお金を、内ポケットから出しました。

差し向いに坐る私の手が、思わずその紙幣にのびそうでした。

「十日に十円ずつ呉れるようなところでも、暮にはやつぱりボーナスが出ることは出るのね」

「まあ、ね。だが、これはいちがいにKの意思という訳でもないんだ」

「社長がくれたんではないんですつて？」

と、私は解せない面持ちです。

「いや、Kから出てることは出てるんだが、Xさんの指金《さしがね》が利いてるんだな。俺が毎日原稿貰いに行つているあのXさんが、俺に同情して、遠廻わしKに五十円出させたようなものなんだ。そういう筋書きなんだ」

ヘエ、と面喰い気味、

「じや、Xさんがだまつて知らん顔していたら、ボーナス全然貰えなかつたというの」

「まあ、そうだね。Xさんは、月三十円、それも十日ずつ区切つている俺をだまつてみてもいられなかつたんだね。知らないではなかつたし、そんなはした金で使われている俺をだまつてみてもいられなかつたんだね。あの人は大衆小説の大家だが、学校を出たての時分は、純文芸志望だつたし、それが間違つて今じや髷もの作家になつちまつたような訳で、俺が前小説書いた時分には、俺の作品を時々読んでくれたこともあり、そんなこんなで、あのひとのところへ原稿貰いに行つても、外の記者には払わない気の使い方、ちよいちよいみせていたね。——三十円の方は仕方ないとして、ボーナスは弾めッて、Kにそれとなく云つてくれたものらしいんだ。そんなお声がかりでもなきや、Kの奴五十円が三十円も出すもんか。又Xさんにしては、自分が地方新聞の何社かへ、連載さしている小説で、Kがどの位、間に立って儲けてるかも知ってるんだね。何しろ、一つの小説が、五つの新聞にのる仕掛けだから、その仲介者として毎月Kの懐には、相当な金がはいるんだな。俺の月給なんか、迚も比較にも何もならないらしい。——」

初耳の話に、私の坐り方も自然と改まるふうでした。

「約束は始めから三十円だつたし、俺も最初は溺れる者が藁でも掴む式で、いつそ有難たい、Kに助けて貰つた位に思つていたんだが、のど元過ぎたという奴だね。この頃じや、いや気がさしてきているんだよ。お前も知つてる通り、毎日ちやんと時間たがえず出かけるだけは出かけているがね」

Kさんは、帳簿はみせないが、彼我の収入にあまり開きがあるのが我慢出来なくなつたばかりでなく、毎日Xさんから原稿貰つてきて、それを謄写版にかけ、出来上つたのを鉄道便で出すだけという、いわば小僧でも間に合うような仕事も馬鹿らしくなり、目にみえてすることに身がはいらず、いやいやしているような塩梅式で、だから時どきヘマをやり、自分では新橋駅から出したつもりの原稿が、送り先の新聞社へ届かなかつたりして、先方から社長へきびしい詰問がき、そこで捨六さんこツぴどい叱言喰う場合もあるようでした。

「こつちも、いけないことはいけないんだ。Kと自分の収合を較べて、仕事をさぼるというのは感心した話じやないんだが、ね。又、Kの方でも、やり切れないらしんだ。二人共、前は同人雑誌を一緒にやっていた仲だし、それが使うもの使われるものという関係になって、いいことがある筈はない。で、始めからKも俺にきて貰うのを、随分いやがっていたが、こっちの泣きつき方がよくせきでなかったので、三十円でよきや、とかぶとぬいでしまったんだが、今になってみりや、俺を雇ったこと、つくづく後悔しているね。仕事は投げやりになるし、これッきりの金で、気持よく働けるかッて顔をするしね。と、いって、Kにしたところ、三十円を五十円につり上げるなんか、この頃の俺の仕事振りじや、意地でも出来ッこないだろう。どっちみち、共倒れみたいなものになったね」

「そんないやな思いして、あなたに働いて貰っていたんじや、私も立つ瀬ないわよ」

「でも、ね。今のところ仕方ないよ。三十円でも、月々きまって貰っている分には、二人してこうやって、やって行けるんだからね」

「ええ。でもねえ。——Kさんとあなたの仲が、そんなふうに、妙にこじれてしまったんじや、この先長いことあすこへ通うッて訳にも行かなくなりそうね。私、そんな気するわ。いつ、二人が正面衝突してしまって、両方ひッこみがつかなくなり、もの別れということになってしまわないとも限らないわねえ」

「うん。その懸念、重じゅうあるな。俺にしても、無理して毎日出かけてるんだし。Kにしろ、やっぱり、今のところ、目をつぶって、使っているという訳だし——」

と、捨六さんは、聞いている方まで、鼻孔の詰りそうな口調です。いつそ、私はその場の雰

囲気蹴飛ばすように、顔を上げて、

「そうなつたら、そうなつた時のことよ。——あなたが、あすこを止めたら、私働きに出るわ。カフエへでも、どこへでも行くわ。あなたは、代々木のうちへ居ればいいわよ。そうして、ゆつくり仕事探せば、みつからないこともないでしよう。何かしらあるわよ。——そうしましようよ。私のうちですもの、あなたいたつてちつとも遠慮なんかいらないわ。それに私も一緒にいるんですもの。うちから通勤ということで、カフエへ出ていれば、あなたも肩身が広いでしようし、出先についてもつまらない心配しなくていいでしよう。——ねえ、そうしましようよ」

「ああ、ありがとう。その時がきたらね。だが、止めたからつて、いきなり二人揃つて、お前のうちへころがり込むのも、一寸ね」

「何が変なのよ」

「変てこともないが、どうもあまり——。お前のうちだつて。もともと余裕はない筈だし。当座のことといつたつて」

と、捨六さんは、奥歯にものが挟まつた云い方です、かんぐれば、私のうちの厄介になるのは、それだけあとあと自分の負担を増す所以と計算し、それは避けたいとあるかのような逃げ腰でした。私という女とはとも角、私の両親などと、一杯のごはんを分ちあうようなまねは、金輪際したくないという腹のようでした。

が、そこまで、相手の心底読みかねて、

「いくら貧乏していたからつて。あなたに喰うものも、喰わせないような気遣いなんかないわよ。私もそばにいることですもの。そんな心配や気兼ね、ちつともいらないわ」

「ああ。――が、新聞文芸社を止めるときまつた訳でもなし、厄介になるにしても、まだ先へ行つてのことだ、ありがたく腹に畳んで置くということにするよ」

「ええ。そうして頂戴」

ボーナスで、かりんの机、兼ちやぶ台、捨六さんが雨の日にはくゴム長等買つてみたり、質屋へ行つていた、私のまがい大島の羽織、着物を出してきたり、長いこと願にかけていた牛肉のすき焼たべたりしたら、五十円のお金もあつけなく費えておりました。ですが、四畳半の隅に置いた、畳の赤い部屋とは不似合な立派な机、兼ちやぶ台に向い、捨六さんは久しい間持たなかつた創作のペンを毎晩とることになりました。当人、小僧でも出来るという、午から三四時間の勤め仕事は、もの書く妨げになるほどの疲労をもたらさないのも、好都合のようでした。とは云え、彼氏の始めた書きものは、三四十枚に仕上げて、売れても売れなくても、一応雑誌社へ持ち込んでみるに恰好な寸法のものではありません。二三百枚にもなろうという長篇小説でした。それが活字になることなんかてんで度外視して、捨六さんはこの春から結ばれた私達二人のこと柄を書き出していました。即、私が小田原のカフエに出ていた頃のなれ染めに続き、私をへんな小屋へひつぱりこんだ、びつこで四十男のAさんのこと、その人の手から私を横どりにした、女房子持ちでのつぽうのBさんのこと、Bさんの留守、捨六さんと私が手に手をとるようにして名古屋へ飛んだ足跡等々、捨六さんは丹念に筆を進めて行きます。

ものを書く時のくせで、日頃の赫ッ面を余計まつかにし、時折うなつたりしながら、ペンを動かしました。その膝もとには、ひびの入つたところを紙ではりつけた円い火鉢が置いてあり、火鉢を挾んだ反対側には私が控え、いとも鹿爪らしい顔つきして、捨六さん同様、原稿用紙の桝を覚束ない文字で余念なく埋めているのです。一つ机の上で、片方はぶつつけの下書き、片方はその清書といつた手順でした。

○

二人の、夜なべ仕事もあらましかたづき、ずつと押し詰つて、小田原から、三十円の為替と、白いのと黄色いのと、ふた色蜜柑箱へ一杯詰めた餅が届きました。捨六さんの帰りを待つて蓋をあけ、つい飛びつくように、餅のひとつふたつとり出して、掌へのせ弄ぶようにしていました。捨六さんも、眼を細くして、

「やつぱり、親だな。餅を送つてよこすなんか」

「そうねえ」

と、頷き、

「これ半分ばかり、代々木へ持つて行つてもいいでしょう」

と、捨六さんの顔色うかがうより早く彼氏は眉を寄せ、まずい面構《つらがま》えになりました。追つか

けて、

「うちでは、正月のお餅たべられるかどうかわからない——」

と、しまいの方は口のうち、うなだれてしまつて、畳の上の荷札をいじりました。

「そつくり喰つたにしろ、たつた一箱の餅だ。それを分けるなんか、とんでもない」

と、云いたい言葉をのみこみ、捨六さんは何んかものでも盗まれた人のような顔つきです。

それきり、餅云云のことは、二度と私の口から出なくなりました。

大晦日の晩は、カラカラに凍りついたような通りへ行き、小さな輪飾を買つたり、年越蕎麦をたべたりしましたが、二人ともなんかしつくり行かない勝手でした。元日の朝は、捨六さんまだ外が明るくならない裡に床を抜け出し、階下の台所の隅で顔など洗いに行きましたが、上つてきますと又床へもぐり込んでしまいました。暦の上で、彼氏は三十歳、私は二十一歳という年を迎えた訳でした。

元旦らしく、差向いで雑煮を祝い、あとかたづけも済みますと、私は小田原のお母さんがいつぞや買つてくれた、仕立おろしの給を着、まがい大島の羽織ひつかけたりして、捨六さんは綿入れの着物という恰好で、トンビもまとわず、コートも襟巻もなしの二人は、松飾りで街幅の狭くなつたような裏通りをいくつも過ぎて、場末の映画館へ辿り着きました。帰りも、同じ道をまつすぐ地蔵横丁へ戻りましたが、今日一日炊事のことなどやりたくない、と私はぶつぶつ云い出す始末でした。

鼻のつかえそうな四畳半の空気にたえず、小田原の実家へ行つてくると云い、私にも代々木のうちで正月するようにすすめ、二日の朝彼氏は早そうに出かけてしまいました。小田原に二日い、感冒を土産に帰つてきますと、私の方は穴のあいたゴムまりのような顔つきしてカリンの机兼茶ぶ台の前へ坐つていました。代々木へ行く脚が進まず、四谷の親戚へよつて、ひと晩歌留多などして帰つてき、ずつと留守番していたような私でした。手持ち無沙汰に、表も裏も小ぎれを千代紙のように綴り合わせた座蒲団一枚、仕上げておりました。

七草が過ぎますと、捨六さんは、重たいだけが取柄のようなオーバー、廂のぐらぐらした鳥打帽かぶり、勤めへ毎日通い出しました。間もなく、一度その近くまで私も行つたことがある、大衆作家Xさんの連載小説は完結し、別の作家のものを、前まえどおり一回分謄写版で刷るような役に廻りましたが、Xさんとひと先手がきれますと、社長であるKさんの捨六さんに対する態度が、眼にみえて険悪の度を加え、かねてこの事あるを予期していた彼氏は、こつちからいつそ喧嘩を売るような調子で、二月一杯で止めると啖呵切つてしまいました。先方も、望むところと、立ちどころに解職のことがなり立ちましたが、それまでに日があることとて、捨六さんは毎日社へ顔を出すだけは出し、例の原稿を鉄筆でロウ紙にうつすこと続けていましたが、私の耳には全然そのへんのいきさつ入れようとはしませんでした。これも、あとでわかつたことですが、新聞文芸社を止めるときまつてから、捨六さんは半年近く足を運んだ先の大衆作家から、就職の紹介状貰つたり、もと彼氏の小説を読んだり雑誌社へすいせんしたことのある師匠筋の老大家を訪問し、同様に紹介状を頂戴したりして、都合四五通のものを手に入れました。どれも紹介先は大阪の新聞、雑誌社、映画会社でした。東京にはみきりをつけ、関西へ飛んで、あらたに活路を見出そうという当人の思惑です。が、それもこれも一切私という者へは打明けず、ことを運んで知らん振りでした。

気のせいか、私には日ましに米屋の二階四畳半が、居心地の悪いものとなつて行き、かてて月三十円の世帯にもすつかりしびれきらした勝手で、代々木の両親の許に同居しようと、捨六さんへ再三云い出すようになりました。始めのうち、私の両親と同じ屋根の下で暮すなんか何んとしても気詰り至極、とてんで取合わなかつた捨六さんも、どうせこうなれば先のみえている二人の仲だから、という訳ですか、とうとう転居に同意してしまいました。

曇つた、雪にでもなりそうな、ひどく底冷えのする日です。運搬料一円也という人を近所から頼んでき、捨六さんと二人して、押入から綿の硬い蒲団ひつぱり出したり、裾模様のある白いカーテン外したり、ところどころ紙のはつてある火鉢をかかえたり、カリンの机兼ちやぶ台、米の残つて入る袋、ひちりん等、一切合財階下へ運び出すのに大童となりました。片方の眼を赤くしている半てん姿の人は、それ等の品物を、かたつぱしから手際よく積んで、荷ばりをかけました。私達の世帯道具は、一台のリヤカーにちんまり納まつてしまいました。あとは、がらんとした、畳の毛ばだつ四畳半から、横丁の低い軒先をすれすれ遠ざかつて行くリヤカーを、二人は重い眼色で暫見送りました。

代々木へ行きますと、胸中に秘密、たくらみもつ彼氏は、ひと晩きりより、私の両親と暮すことに耐えられませんでした。

翌朝、朝めし済ますと早速私を同伴し、トタン屋根に三間しかない平家を出、だらだら坂をくだり、少し行つて、丁度小田原急行電車のホームの真下あたりにある二階家のひと間が貸し間になつているのをみつけ、二円の手つけ置き、引き返しますとその脚で、地蔵横丁から運んだばかりの荷物をそつくりその儘、二階の六畳へ移す操作にかかりました。父は四角ばつた顔を一層硬くし、ただみているだけでしたが、小柄な母はまめまめと、手伝つてくれました。立ち止つて振り返る人達も、みなアカの他人であるのをよいことに、蒲団にくるんだ大風呂敷の両端を、捨六さんと私が摑みながら、運動会で子供がそんなことするみたいな恰好で、落したり何んかしてよちよち運びました。円い火鉢や、重いちやぶ台兼机まで、ひと先六畳へ持ち込んだところで、捨六さんはあとかたづけを私にまかせ、自分は例の鳥打帽かぶり、出て行きました。小田原急行の三つ目の駅が新宿の終点で、あとは電車でまつすぐ新聞文芸社の近くまで行ける道順でした。

赤松や雑木林の丘が起伏し、窪地のところどころに、青い屋根の住宅や、トタン屋根の小さな家がぽつぽつ並んで、廂がつながつているあたりは、急行電車の駅の下だけといつた、みるからに空気のいいごく閑静な、牛込へんの町中とは一寸別天地のような郊外でした。

二階を貸した人も、勤人で昼間はいなく、留守は若い東北訛りのひどい妻君と、三つになる子供がいるきりで、別段窮屈な思いする必要がありません。

捨六さんは、午頃出かけ、晩は暗くならない裡、帰ることははんで捺したように帰つてきますし、四囲の趣きも新しくなつて、私は幾分蘇生の思いでした。

食事は、日に二度、母が造つてくれるものを、おかもちに入れ、うちから運んでいました。昔風の女で、亭主にどんな道楽されても泣き寝入りで辛棒してき、手料理など好きな母は、毎日のこととなつても、決していやな顔をみせず、貧しいものながら、念の入つた仕立て方して、煮たもの揚げたものなど、いろいろ持たせてくれます。時には、捨六さんが好物だときいて、用達しがてら遠くまで行つて、富貴豆など買つてき、おかもちへ入れてくれることもありました。父の方は、そんな様子、大体みてみぬ振りのようでした。が、一度、雪の降つた日「こんな時には、あれに自分でとりにこいと云え」などと、珍しく口を尖らせたことがあります。父はひと晩だけ一緒にいた捨六さんを、あまり気に入つておりません。ですが、私のところは、両親の家から毎日食もの運んでくること以外に、何一つこれと云つた仕事はなし、おもて向きは関自然と六畳に納まつて、私のお給仕で食事する人に、別段あてつけがましい口もきけませんでした。

近くに、子に甘い双親がい、夜は男と一緒に寝て、その日その日にさしあたつて心配することもいらなければ、女として結構みようりに尽きた次第と云えましたでしよう。代々木上原へ移つてき、私はよごれた上皮がするりとむけ落ちたように、一段と若返りました。血色始め、日毎よくなつて行くのが手にとれるようでした。夜の営みにも弾みがつき、ういういしい仕方で、自分から彼氏の方へからみつくような工合ともなり、銭湯への行き帰りも一緒、午前中近くの丘散歩する折も捨六さんにつきまとうようにして、霜や氷のきびしささえいわばうわの空といつた調子でした。と云つても、あとから思えば、落ち際の太陽の輝きに似た、ほんの束の間の夢でしかありませんでした。

二月にはいつてからのことです。カリンの机・兼ちゃぶ台の上に、こんな置手紙をみつけました。

――あまり出し抜けで、お前はびつくりするだろうが、又こんなものを残して行つてしまうのを、決していいこととは思つていないが、どうか許してお呉れ。勤めの方、いつかも話したことがあつたが、やはりうまく行かず、二月一杯で止めると自分から切り出し、Xさんの小説が終つたあとで、Kもすぐ承知した。あとまだ、十日近くある勘定だが、これからいつたん小田原へ行き、それから関西の方へ仕事の口を探しに出かけるつもりだ。お前は、止めたら、両親の家へ落ちつき、仕事をみつけるようにしたらいいと云つてくれたが、いつあるかわからない勤めを待つて、お前のうちのめしを喰つている訳にも行かないんだ。お前はだまつているが、お前のお母さんが、俺達の食事を造る為め、質屋へ行くこともあるんじゃないか、とそんなに考えたこともある。もう、これ以上、毎日お前の下げてきてくれるめしが、のどを通らなくなつてしまつたのだ。今更水臭い、そんならそれと、なぜあけすけに打ち明けてくれなかつたのだ、とお前は恨むだろうが、俺のケツの穴の小ささ、自分勝手は弁解の余地がないにきまっている。

御両親には、お前から、くれぐれもよろしくつたえてお呉れ。遅くも月末には、先生やXさんから貰つた紹介状懐に、関西方面へ発つ予定だが、東京に却なかない勤口が、大阪へ行つたからとて、必ずあるとは思えないが、うまい工合向うで勤めにありつき、お前と又やつて行けるだけの収入が摑めたら、その時はきつと通知する。それ迄、代々木で待つていてお呉れ。待てるものなら、どんなにしても待つていてお呉れ。

それより、先、お前を一緒につれて、なぜ小田原へ行かないのだ、とお前は苦情を云いたいだろう。そうしないのは、自分の我儘だが、どうにもお前同道で、小田原へ帰りにくい。お前のうちの暮らしより、小田原の方がいくらかましなことはわかつているが、どうしてもお前をうちへ連れて行く気にはなれないのだ。詳しく書けないが、肝ッ玉の小さい俺が、うちに対する気兼ねもあるし、又二人でしでかしたことだから、どこまでもお前と俺とでことを運んで、うちの者の世話にはなりたくないという、片意地な見栄もあるようだ。が、何といおうとも、お前をすつぽかして行く事実は、お前にどのように責められても、返す言葉はない。

書きたいことは沢山あるが、今気が急いでいるので、十分尽せない。もう一つの手紙の方は、これをKのところへ持つて行き、少し早かつたが、都合で俺が止めたことを云い、十日分の給料と、退職手当のようなものを一緒に貰つてきてお呉れ。退職手当といつても、勤めて半年もたたない裡に止めたのだから、大したこともあるまいが、多少に関らず、出すことは出すとKも云つていたから、いくらかはよこすだろう。その金で、ここの間代を払い、あとはみな、お前のうちへ届けてお呉れ。ひと月分の二人の食事代もどうかと思われる金だろうが、お母さんにとつて置いて貰つてお呉れ。

それから、お手数だが、小田原から送つて来た方の蒲団、俺の着物等ひと纒めにして、あとから送つてお呉れ。――では、これで。何んだか、一番大事なことを書き落しているようでもどかしいが。体を大事にしてお呉れ。さんざ世話になり、なりッぱなしで行く御両親に、くれぐれもよろしく。

ハトロン紙の封筒に入れてある中身を、私は何度読み返したか、覚えがありません。ことの意味が明瞭にのみこめるまでに、随分長い時間がかかつたようでした。

両方の眼から、ぼろぼろ涙を流しながら、それを拭う芸もなく、私は間借りの六畳から出て行き、捨六さんの、僅かな本や、自作の切り抜きや、私が清書した二百枚近くの原稿や、アルバム等ひとつ風呂敷に包んで、そいつを下げ、逃げるように赤土の登り坂を上り、小田原急行電車の停車場へかけ込んだろうと思われる方面とは反対側の、小売店屋の並ぶあたりから雑木林が白骨のように突ッ立つている丘の方へ、うつろな歩みを続けました。

わけを話しますと、父はそれみろ、といわぬばかり、捨六さんの仕打ちを罵倒したりしました。母の方は、何んとも云わず、ただ貰い泣きという様子でした。

両親に勇気づけられ、虎の門に捨六さんの手紙もつてKさんを訪ねますと、白ッ子のように色の白いひとは、余計な口数きかず、十円の給料に、三十円の退職手当のようなものを、上着の内ポケットからすぐ出して呉れ、ひとこと捨六さんのような男と一緒では苦労が多かろう、などとこつちを慰めるようでした。母に手伝つて貰い、停車場の真下にある二階から、蒲団類やちゃぶ台、兼机など、ひとつずつかついだり下げたりして、家へ運びました。往復の途すがら、私は十代の子供のように、矢鱈と泣けてしまい、その都度母に引き立てられていたらくでした。

頼まれた通り、小田原へも、大きな荷物造り、鉄道便で出しました。中に、一通の手紙、二足の新しい靴下を入れましたが、両親の手前もあり、男のあとを追つて、海岸べりの町へ飛んで行くことだけは、思い止まりました。

○

三月なかばのことです。捨六さんへ手紙を書きました。

——どんどん、小田原から遠ざかつて行く電車の中で、身を悶えて後悔しました。私はもつとあなたといたかつたのです。今日はこんなにいい天気です。せめてもうひと晩、一緒にいて、晴れた空の下で別れたら、あんなに苦しくはなかつたでしょうに。私は、あのままうちへは帰らず、店の方に来てしまいました。市電へ乗るお金もなかつたので、雨の中を草履で、まわりにいた人達に怪しまれながら、東京駅からタクシーへ乗りました。店へ着くと、私の顔をみてYちゃんが、まあ蒼い顔してどうしたのッて、おどろいていました。

今朝は電報で、あなたをよんで、二人で死ぬつもりでしたが、お家の方を騒がせてもいけないと思つて、じつとこらえていました。小田原でお別れする時は、私はあなたが死んでくれなければ、一人でもいいと思つていましたけれど、電車へ乗つてから、どうしてもあなたと一緒でなければいやになりました。私が死ねば、あなたもあとから死んで下さるという言葉を信じてはおりますけれど――。早く東京へきて下さい。この手紙、十四日夜とどいたら、十六日のおひる頃来て下さい。――三銭の封緘ハガキに、鉛筆の走り書きでした。

二月の月末、電車で両脚を、膝のところから轢断された叔父が、病院を出、代々木の家へやつてきてから間もなくのこと、私はうちを飛び出していました。叔父は、市役所より、二千円という賠償金をとつてい、まるで福の神でも見舞つたかのように、そのお金をみると、うちではラジオをとりつけるやら、毎晩うまいものを料理屋からとり寄せるやら、大変な景気でした。怪我人をかかえて、そんなあと先なしの振舞いに及ぶ父母の顔などみるのもいやになつて、私は下谷龍泉寺のカフエへ、住み込んでしまいました。

捨六さんは、予定通り、同じ頃関西の方へ発つていました。知人の家の厄介になり、紹介状懐に、掘割りの多い大阪の街を職探しに毎日歩きましたが、思わしい話がどこにもなく、たつたひとつみつかつた口は、映画監督の下働きとあり、しかも月給は三十円の由で、何んとも捨六さんは返事のしようがないようでした。二十代に、一寸小説が売れたという外、中学ひとつ出ていない肩書では、どこでも相手にしてくれない道理ですが、大阪での就職のことは断念し、短かい文章を夕刊新聞に買つて貰い、五十円ばかりの金を握るとその地をあとに、途中京都へ一日寄り、まつすぐ小田原へ引揚げ、例の物置小屋にうずくまつていました。

下谷龍泉寺のカフエから、出向いて行つて、ざつとひと月振り、私は捨六さんにあいました。どちらも、気色ばんだ面持ちで、二人は梅の散りかけた公園の細路を、時どき手つないで歩いたり、蜜柑の段々畑をうしろにした神社の、私も一年前よく行つたことのある茶店へ腰かけ、ゆつくり駄菓子などつまんだり、砂浜に四つの下駄の歯のあと行儀よく残して歩いて行つたり、一寸身も世も忘れかけたような幾時間かを過ごしました。暗くなつてから、国道に面した、階下は銭湯で二階は宿屋をしている家へ上りました。運ばれた膳に、久し振り向いあい、茶碗にごはん盛る私は、いつぞや地蔵横丁で世帯を持ちかけの時分、捨六さんの好きな高野豆腐煮たりした折のようなときめきを新たにするようでした。東京では、私達には滅多はいらない鮪の刺身を口にしたりして「こうして何時までもいたいわねえ」などと、しみじみ云つてみますと、捨六さんも「全く同感」とあるような素直な面相となるようでした。箸を置きますと、私は触れたくもない宿題に立ち向わざるを得なく、今後どうするつもりか、と彼氏の方へひと膝進めていました。

あんなに血眼で行つた関西から、しよんぼりしッ尾垂れて帰つて来、へんな場所で無為な時間過ごしている人は、すつかり生存にくたびれているみたいでした。大阪で得た原稿料はまだ大分残つているといいますが、それをモトに東京へ出、然るべき下宿に陣取つて、新しい職探し始める張りも、又代々木の家へ寄食し、そこを根城にして血路をひらく方寸も、根こそぎなくしているようでした。つまりは、少々位気拙いところでも我慢し、実家のタダめし当分喰つていることにしよう、その裡には何んとか身の振り方もつくだろうからと、いわば墓石へぺつたり尻餅でも搗いてしまつたような恰好でした。

納まらぬ思いで、私は床へ這入りました。始めは、ツンと天井向いていましたが、身体の向きを換え、隣りに寝ている捨六さんの体へ両腕のばし、

「あなたも変つたわねえ。小田原にいるつもりだ、なんて。そりあ、あなたには静養の時間になるかも知れないけど、私はどうするの。どうしていればいいの」

と、相手を、こづくようなもの謂でした。

「俺だつて、ぼんやり何もしないで、何時までも親のめし喰つていられる身分じやないさ。陽気でも暖くなつたら、又喰えても喰えなくても東京へ出なければならないんだ」

「でも、東京へ出ると云つたつて、あなたの仕事なんか、あるかないか、ちつともあてになりやしない。自分だつて、もういい加減こりてるでしよう。そんな、あてにもならないことをあてにしないで、私と死んで頂戴。そうして頂戴よう」

と、細い眼をヒステリーじみた吊り上げ方で、じつと男の顔に喰いつくようです。神楽坂裏

の下宿屋でも、そうでしたように、私は目の前が壁で塞がるとみると、いつも音を上げて、いつそ死んでしまいたい気になる女でした。

「でも、死ぬのもつまらないじやないか」

「だつて、満足に喰つて行くことさえ覚束ないのに、生きてたつて始まらないわ」

返事に窮し、捨六さんは、煙つたそうなうわ眼づかいです。

「じや、いいわ。あなたが一緒に死んで呉れなければ、私一人で死んでしまうわよ」

と、開き直るより早く、捨六さんはみるみる動揺し、半分うろたえ気味、

「お前が死ねば、俺だつて生きてやしないよ」

と、その場の気休めばかりとは受けとれない口上です。こつちは、やおら機嫌とりなおし、あとは見境もなく、火のついたような身のこなし方でした。ひと月もつていたものが、一度にセキを切つて流れ出したように、二人は夜の明け方近くまで、殆んどまんじりともしませんでした。

翌日は雨で、正午に近く、床を離れましたが、三月とも思えないような降り方は、時たつにつれひどくなり、暗いじめじめした、障子の桟まで濡れてくる部屋へ、二人鼻突き合わせているのが、処在なくなり、捨六さんはひと先帰るように云います。私が、円い顔に似合わない、細い頸すじ振つてみせますと「近い裡、東京へ出かけるから、その時遇おう」と、きめつけるようにして、私の顔色にお構いなく、タクシーを呼び、二人は土砂降りの中を、停車場へ向い

ました。車を降りて、捨六さんが東京までの切符買つて私に握らせても、私は唖のようにだまつていました。別れの挨拶や、いたわりの言葉を、矢継早中腰となつて、捨六さんは口にしますが、私の眼はツキモノが憑いた如くすわつてしまつており、顔は血の気をまるで失い、それでも相手に押されるようにして、改札口をはいり、こつちを見送つている人をどこかで意識していたことは確かですが、私の脚は空を踏んでいるみたい、ふらふらとプラット・ホームの方へ向つていました。

その翌よく日、封筒ハガキの走り書読んで、上野駅から電車に乗り換え、煤けた瓦屋根の家が並ぶ、ほこりッぽい街すじで降り、カツ丼いくら、ライス・カレーいくらと横書きした立看板が、頭の方までハネを浴びている、間口二間の、入口だけは色ガラスの障子などはめたカフエを、捨六さんはさがし当てたのでした。が、私はあいにく、客と外出したところでした。戻つて、Yちゃんから、トンビに廂のぐらぐらした鳥打帽かぶつた、色の黒い小柄な人が尋ねてきたとききますと、私はその脚で二階へ上り、突ッ立つたなり、首を長くして、電車通りの方ばかりみおろしていました。軈て、捨六さんが、幾分前かがみにやつてくる姿を見届けますと、矢の如く階段を降りて行き、先方がカフエに着かない手前あたりで、二人は出合い頭となりました。私は、精一杯なしなつくり「よく来て呉れたわねえ」と、捨六さんへ飛びつきそうな恰好でした。

安カフエの女給らしく、顔一面はげるようにおしろい塗り、口もとも赤く染めて、どつちかといえば薄い頭髪始め、荒いウェーヴで波打たせ、一寸蔓でもかぶつたような寸法です。並んで歩き出す前に、一時間ばかり、客と上野公園へ行つて来たことを告げ、手紙には午頃きてくれと書いた筈で、まだみえないものと思つて、などと弁解まじりでした。捨六さんも、うんうんと頷いてみせますが、手紙の主旨は故意に忘れているか、握り潰しているみたいな、軽い口のきき方を続けます。上野の山を越え、歩きどおしで浅草まできてしまいました。胸にしこりもつ私は、捨六さんに誘われても、映画などみる気に一向なれません。旗、絵看板と毒々しく並ぶ六区のひとごみを通り抜け、捨六さんは縄のれんぶら下げためし屋へ這入りました。がたがたする椅子に差し向いにかけていますと、二人の鼻先きへ、どじよう汁、鯵のてんぷら、丸く盛り上つた丼めし等が並び、早速捨六さんは箸をとり、私にもすすめますが、辿ものどを通りそうもありません。くどく云われても、私には駄目でした。こつちのいずまいに、捨六さんもせかせかしたたべ方で、箸を置きそれからバットに火をつけ、いつぷく二ふくしたところで、私は上体を少し前へ出し、つとめて言葉に重みをつけ、静かなもの謂で「ここで遺言をお書きなさい」と、云つていました。聞いて、捨六さんは、ぎくッとしたように、三白眼くりくりさせましたが、まさかこんな場所で云云と、話をそらしました。続いて、私は同じようなもの腰で、実家から金を持ち出してきたか、と糺します。と、忽ち、捨六さんは首を左右に振り、思いもよらぬことをきく、といつたふうな面喰らい方です。「死ぬんですもの。二三百円位、うちから持ち出せばよかつたんだわ。二人でそれを使つてから死ねば」と、私は何の不思議もなさそうに、腹の底を割つていました。

縄のれんを出ますと、ひと通りのあまりない、公園裏の方へ、捨六さんはひつぱつて行き、路みちカサにかかるように、頭から死ぬことに反対し始めるのでした。丁度、身投げしようとするところを通りかかつた人が、相手を抱き止めるような要領でした。

「ね、お前にも親兄弟がある。俺にもある。二人がここで早まつたことをしたら、あとで親や何んかがどんな思いをする？　どんなことになる？」

と、型にはまつた止め文句です。

「私だつて、子としての人情はもつてるわ。それを捨ててまで、死のうというのは、よ、く、せ、き、のことなんだわ」

と、金切り声を絞るようでした。

「いつたい、私という女を、自分ひとりでは生きて行けないようにしてしまつたのは、誰なの？」

と、続けざま、噛みつくように、捨六さんの横顔に眼頭ぶつけました。

「今になつて、勝手に逃げ出そうたつて、承知しないわよ」

懸値《かけね》のないところに、聞き手はひるみ加減、困つたことになつた、とでもいうように、がッくりうつ向いてしまうのでした。そのていみてとり、こうなればこつちのもの、と私は内心したり顔でもありました。

時おり、振り返る、通行人の眼も気づかず、盛り場の裏側ばかり歩いている間に日が暮れました。七時頃になつて、若松屋とある旅館の、二人泊つて三円という、一番安い三畳へ通りました。頭がつかえる位天井の低い、明り窓ひとつない細長い部屋でした。

私の顔など、じろじろのぞきながら、中年の番頭が茶道具持つてき、折り返し宿泊料を受取り、腰の方から先きに、廊下へ出て行きますと、

「最後の夜だというのに、こんな穴倉みたいなところ、情けないわ」

私は、恨みに、顔面がひきつるようでした。ところが、捨六さんは、又しても、まあまあと止め文句です。きちんと膝頭くつつけて坐り、あれこれものの道理、分別をひつぱり出してきて、一途な気にかられている私を説伏しようと、血相かえます。ですが、そんなふうに云われれば、云われるほど、こつちはヤケ糞な気にもなつて、彼氏と反対へ反対へと出ます。段だん、返答がえししているのも面倒臭くなり、私は眼だけで相手の口を塞ぐようにしていました。

しまいには捨六さん、自分でも何云つてるのかさつぱりわからなそうな言葉を、舌もつらせ気味口走るだけでした。

聴て、みるからに、背中の痛くなりさうな煎餅蒲団へ、二人は横たわりました。すると私は、これでもか、というように、両腕の関節鳴らしながら、必死の勢いで、捨六さんにしがみついて行き、相手の口といわず、眼といわず、額といわず、ところ嫌わず、狂おしいまでに接吻し続け、心の中では「死んで。——死んで」とそのことばかり訴えていました、と、捨六さんは、次第にこつちの註文にのつてくるみたい、とうとう私の希望に殉ずる意味の言葉をほのめかし

ました。有頂天になつて「有難とう有難とう」と、うわずりながら、私は息がつげない迄、背丈けの同じ位な男にかじりつきました。

　朝が来、明るくなりますと、二人は発作の止んだ人間のような顔つきして、床を離れました。食事もせず、宿屋の前から路地のどぶ板踏んで大通りの方へ出て行き、それから隅田川に沿う公園へかかりますと、えぐられたように落ちくぼんでしまつた金壺眼こすつたりしながら、昨夜の誓などけろりとした如く、捨六さんは死ぬなんかやつぱり詰らない、とぶつぶつ始めました。

「じやあなた、私をだましたッて、訳ね」

「いや、そうじやないさ。あの時は、俺もそう思つたんだ。この先、何年何十年生きていたつて、お前と一緒に死ぬにまさるようなことはあるまいと思つて、はつきりその気になつたんだ。だが、こうして歩いていると。——」

「あなたッて、よくよく気の変り易い人ね」

　と、云つて、眼角で相手をつッつくようにしながら、

「朝方、あなたが寝ているすきに、紐の端を階段の手摺り結び、かたつぽうを自分の手に握つて、よつぽど首絞めてしまおうかと思つたんだけど。——そうすればよかつたんだわ」

　と、私は恐ろしい企みごとを平気で口に出し、実行出来なかつた不甲斐なさに、一寸地団駄《じだんだ》踏む思いでした。

　公園の葭簀張りにしている店で、パンと牛乳を求め、カラカラに乾いた口の中へ押し込みま

した。そこを出ましたが、どこへというあてがありません。猫が水ぶくれになつて流れてきたりする、河面みやつたりしながら、二人は影のように、北の方へと歩いていました。する裡、捨六さんは、思いついたようにポンポン蒸気に乗り、私もついて行きました。軈て、船が動き出し、川の中央へかかりますと、両岸の人家はぐつと背が低くなり、枯れた芦が一面生えているところや、高い煙突が何本もかたまつているあたりなど見えてきました。

船の終点で降り、だだッぴろい道路へ出、東の方へ歩いて行つて、長い木の橋のたもとにある店から、捨六さんは林檎にラムネを買つてき、橋は渡らず土手へ降りて行きました。

日曜日とみえて、堤にも河原にも、ひとの影がちらほらしています。孫相手に、菓子の袋あけている歯のない婆や、肩と肩を押しつけ、流の方へ四本の脚をぶら下げる男女、遠くの方には野球している子供の一団も、玩具のように眺められたりしました。晴れた空をうつして、河面はあくまで青く、河原も水晶をまき散らしたようにキラキラ光つています。

深さを、目測したりして、

「この川、浅いのね」

と、私は、ぽつんと云つてみました。

「今頃は、水の少ない時候だしね」

土手の、枯れ芝へ腰を下ろし、二人はうまくもなさそうに、林檎を皮ごと噛つていました。

「なんだね。カフエにいると、つい心が乱れがちになるから、うちへ行つていた方が、いいと思うんだがね。——大怪我した叔父が一緒じゃ、お前も気詰りかしれないけれど、やつぱりうちにいられれば、それに越したことはないと思うんだがね。俺だつて、きつとそのうち東京へ出てくるんだ。生き埋め同様、小田原にいられる訳でもないからね。長いことじゃない。うちで辛棒していてお呉れよ」

　と、十分いたわりのこもつた、捨六さんの言葉遣いですが、これまでに耳にタコといつたふうな台詞は、いつそ聞えない振りでした。間を置いて、

「あなたが、くるのはわかつているのに、お客と一緒に上野へ遊びに行つてしまうような女だから、あなたは私と死んではくれないのね」

　と、私は燗のさめた酒みたいな趣きの、ひとりごとでした。

　二人共、別べつの方角へ眼をやり、互いにものも云わず、自分の腹の中をのぞくようでした。日がかげつてき、捨六さんは立ち上りました。せきたてられ、私も尻を持ち上げました。橋のたもとへ引返し、前来た道路をあと戻りして、屋根もまわりもトタン一式の、白茶けたみすぼらしい映画館の前まできますと、捨六さんはこつちを一度振り向き、二枚の入場券求めて、さつさと中へ這入つて行きます。いやいやながら、私も暗いところへかけましたが、写真は摺り切れだらけの、眼が痛くなるような代物で、一時間とたたず、二人はそこを出ていました。

　電車の終点が近くでです。捨六さんは、その方向に歩いて行きますが、私は途中から、そつときびすを返し、とつつきの路地へ這入つて、隠ン坊するみたいにしていますと、あたふた入口

に捨六さんが現われ、トンビの片袖まくり上げて、いきなり私の手首を鷲掴みします。眼に涙をためて、子供のようにいやいやする私を、捨六さんは路地からひつぱり出し、だだつぴろい道路のまん中に停つているすすけた電車へ、押し込むようにのせてしまいました。

新宿駅へ来た時分には、もう日が暮れかかつていました。小田原急行の発着所に近いベンチへかけ、二人は別れのひと時を過ごしました。電車へ乗つて、三つ目の駅で降りれば、ものの五分とかからないうちに、代々木の実家へ着く筈でした。

「こうして、あなたが送り込んでしまえば、私死なずにいることはいるわね」

「まつすぐ、帰つてお呉れ。――おとなしくして、待つていてくれ、ね」

殊更な、彼氏の猫撫で声に、さからつてみる気もうせ、だまつて頷いていますと、私の眼に大粒な涙がたまつてき、発車間際になつても止め度がありません。ベンチをはなれましたが、眼から口もとへ二本、涙を流しぱなしで、いぶかしげにみて行くひとの顔すら目にはいりません。急行電車のデッキへ立ちますと、ホームから幾分見上げるようにしている捨六さんへ、まつすぐ顔を向け、そのまま泣き続けていました。

――桜時に、二人は一度あい、その後十何年間、相見ることがありませんでした。

――三十一年十月――

# 別れた女

朝、暗いうちから、小田原駅で民枝を待つていた。十月なかばの、雨降りの日だつた。民枝は、十五六年前、別れた女であつた。

その後、彼女は関西へ流れ、京都あたりのカフエ、喫茶店を転々とした揚句、ある町医者に拾われ、相手が子なしの女房を追い出したところで、その後釜に収まり、かれこれ七八年たつ裡、別れてから、今度は但馬の山の町で、トラックの運転などする男と縁あつて、その者の女房となり、既に四五年たつているのであつた。

この春、私が復員して、間もなく、ある雑誌に発表した文章を、偶然読んだのがきつかけで、民枝は昔なつかしいようなことを云つて来、これに調子を合わせた風な返事を出した。民枝の手紙は、以後ひんぱんとなり、近い裡、東京にいる父親を訪ね旁〻、小田原へ寄る、といつてきたりして、三四ヵ月たつた今日であつた。来ようという者を、たつて拒むにも当るまい、とそんな受身な、大して乗気のしない気持だつた。暫振りの彼女をみて、小説の一つでも、というさもしい打算のようなものもからみついていた。と、云つて、別に惚れた女が、目と鼻の間に居る訳でなく、女房や子供のような者もいる身状ではなく、復員後は、徴用以前そうしていたように、海べりの小舎に寝起きして、小説など読み書きし、朝芋、午パン、晩芋といつた工合に露命をつなぎ、女買いする銭もままならず、敗戦後とみに硬ばつたような初老の身には、色気のようなものも、げつそり褪めてしまつたようであつた。所詮は、使い果して二分のこるといつた寸法の、西行や芭蕉など繙《ひもと》いて、心の息つぎにするような塩梅ながら、そのかそけき静もりは、ややもすると、底知れない娑婆のどよめきにかき消され勝ちのようであつた。

夜が明けてしまつて、八時過ぎ、下り列車が着いたところで、若しやと待合所を出て行つたら、藤色女持ちの小さなトランクを下げ、二つの可成な風呂敷包を両わきにかかえこみ、雨の中へその脚で、さつさと急ぐような、民枝の姿に眼がとまつた。赤味のさした、薄い頭髪を、簡単な洋髪にし、緑色した縞目の鼻緒のすがつた下駄を穿き、染めなおしもののような上つぱりの下に、洗いざらしの袷を着て、一寸安月給とりの妻君が、買い出しに出てきたという恰好よろしく、おしろい気のない平たい顔は、浅黒く顔色は冴えず、切れ長の細い眼だけに、きりつとしたものがさしているようであつた。凡そ、ぱつとした感じでもなく、といつて、世帯やつれの影もさのみでない、三十八になる筈の女にしては、いつそ若い位な恰好の、私はつかつか、身の丈のそう違わない女に近づき「オイ」とぶつきら棒な言葉をかけた。振り向いて、民枝は「アッ」と、眼で挨拶した。トランクを受けとるより早く、今降りてきたホームの方へひつぱつて行つた。

路ばたから、拾つてきたような破れた番傘の中へ、カーキ色の上着に、尻のところに裏打してある紺のズボン、ゴムナガに戦闘帽という、闇屋か何かみたいのいでたちの私と、前をはし折つた民枝が、一緒に這入つて、雨の中を歩いて行つた。駅前の、土産屋、玩具屋の屋並がきれると、棺桶のような、出来たての小さな家が、途切れがちに並んで、焼けのこりの桜の街路樹が、魚の骨のように、根本まで濡れていた。遠くの山も、近くの山も、すつかり雨雲に隠れて、雨脚は夏場のそれのように白かつた。

「どこへ行くの」

「温泉プールへ行こう。湯に這入つて、ゆつくり横になれるところもあるんだよ」

「御飯はどうするの。わたし、二升ばかり、お米もつてきたわッ」

と、ぐいと私の顔を射る眼つきは、今時の人間らしく、飢えたけもののそれのようであつた。

「腹を空かせるようなことはしないよ」

「そう。大丈夫?」

鉄で出来た、橋になる少し手前から、左へ下りるだらだら坂をくだると、ちやちな噴水など上つている庭があり、そこを横切つて、突き当りは、平家建の、見かけはバラック然とした、温泉プールであつた。靴や下駄まで持ちこんで、通つた十二三畳敷の部屋は、それでも天井は簀の子で、へりのついた畳が敷いてあり、低いテーブルが七八つ並んで、まだ生々しい木の香がしそうであつた。紅提灯《ちようちん》がそこかしこにぶら下り、座布団なしで、湯客がちらほらかたまつていた。

「疲れたろう、湯に這入るとしようよ」

「京都から浜松まで立ち通しだつたわッ。浜松からこつちは、やつと三人がけになつたけど、汽車が急行だつたので、小田原へ停まらないの。大船で降りて、切符を買い直してきたの」

「そんなまわり道したのか。道理で、俺は四五時間待つたよ」

「済みません。うちは、あんたが、停車場へきていてくれなければ、いきなり、弟さんのところへ行こうと思つていたの」

「待つてない気遣いはないじやないか」

「だつて、うちは捨てられた女ですもの。ひがんでるわッ。弟さんのとこへ行くつもりだつたの。でも、気がさしたわ。男の友達なら別だけど、女では、ね」

「そうだね。ま、湯に入つてこようよ。俺は、ゆうべ、殆んど寝てないんだ。三日に一度位、どうしても眠れない癖がついちやつているんだよ」

「いけないわッ。——着物、別にぬぐところあるの」

「湯殿のところにあるよ」

「うち、大きな札、十枚ばかりもつているんだけど」

「ほう、大したものだね」

「行くんだから、こさえてくれつて、親爺に頼んだの。くれなけりあ、うち、一日もおとなしくなんかしちやいないわッ」

「大変なもんだね」

「それに、うち、信用があるの」

民枝は、所謂ヘソ繰りなど、出来ないたちの女のようであつた。往来の柳が、傘のように刈りこまれていた、名古屋で、ひと月ばかり、カフエに出た彼女に食わせて貰つたようなことがあつたが、チップは銀貨でも紙幣でも、帯の間に挾みぱなしにし、寝る前、帯を解くと一緒に、それらをぱらぱらあたりに撒らしてみるような女で、翌朝は一銭も身につけず店に出かけて行くのであつた。東京の牛込地蔵横丁の洋傘なおしやの二階に、間借りした当座、彼女は百貨店向きのチャンチャンコを内職にしてみたが、一円の稼ぎだめも内緒に出来ないようであつた。手紙によると、運転手の女将さんになつてからは、月給だけでは、十分やりくりつかないので、亭主の手に入れたゴム靴を近在に売り捌きに廻つたり、近くの海岸の町まで出向き、魚を背負つてきて、それを町家に商つたりしているようであつた。髪はぐるぐるまきにし、湯に這入るのも、月のうち二へんか三べん、まつくろになつて働いている、とも書いてよこしていた。わッ、わッ、と結ぶ言葉づかいも切り口上に、何か世路の荒波をくぐつてきたもののシャンとした響がこもり、お盃のような顔をまつ白く塗つて、ややもすると流行唄を口ずさんでみるような昔の面影は、一寸あとかたをとどめないようであつた。

湯から、私が先きに上つてきて、一枚板の衝立の台を枕に、ごろりと横になつた。湯客は、段々とたてこんで、大抵はとし寄り連中の、下げてきた柿や、重箱のようなものを、テーブルに並べて、お花見でもしているみたいに、皺顔を解き、他愛もなく笑いあつたりして、この頃の世間などは遙かに遠くのようであつた。奥の方の爺さん婆さん四五人は、永くなつた儘の姿勢で、煙管のガン首で何かたたきながら、御詠歌を始めた。

民枝も、顔を気色ばませながら帰つてきた。体を海老のように曲げ、私の鼻の先に横になつた。そつとのぞきこむと、昔はれぼつたい位に、眼蓋の重かつたのが、反対に落ちくぼんだようになつて居り、地蔵眉は依然として薄く、すつと通つた鼻に、結んでも歯先のすいてみえる、しまりの悪い口元、体もいくらか痩せ気味の、ひと廻り位小さくなつたようであつた。くつろいだ寝顔の、平たい頬のあたりは、ほのぼのと上気して、どこか若草のそよぐような匂いもしてくるのであつた。こつちの、頭は依然として重く、ずきずきと疼くだけで、迚も眠るどころではなかつた。

一時間ばかりして起き、民枝のもつてきた金鵄《きんし》に火をつけた。間もなく、民枝も、襟元などなおしながら、横つ尻にテーブルへもたれかけた。

「いくらか寝たかね」

「一寸、うとうとしたわッ」

「俺はまるきり駄目だつた」

「ここへずつと居てもいいの」

「晩までこうしていよう。いやになつたら又湯に這入ればいい。近頃の民主的というやつだ。気が置けなくつていいところじやないか」

「玉の井趣味だわッ」

「玉の井に、御詠歌なんかないよ」

「こうしていると、十五六年ぶりという気がしないわッ」

「俺もそう思うよ。昨日別れて――」

「でも、あんた、なぜ、うちを置いてきぼりにして行つちまつたんでしようね。いまだに、捨てられたというキズがなおらないの。その後、うちのあつた男は、神戸のお医者も、今度の親爺も、いやになつちまう位、ノロイの、あんただけよ、うちを泣かしたのは」

「わざ、わざ、恨みを云いにきたのかね」

「いいえ。でも、うちを捨てた男はあんただけなの。外のは、みんな、うちの方からさよならした人ばつかり」

「俺だつて、君との間に、子供があれば、置き去りにして小田原へ逃げてくるなんか出来なかつたに違いないね。あんなに二人で、月三十円の月給では足りないと、やきもきし、よく喧嘩もし、とどのつまりはあすこをお払い箱になつちやつたので、とうとう決心したんだが、子供が出来ていればそうは行かなかつたろうね」

「そうね。うちに子供が出来ていれば、お父さんだつて承知しなかつたわッ。きつと」

「そうに違いないね、それに、逃げたのはこつちの責任だが、今もつて独身でいる。その償いはちやんとつけてあるようなもんだよ。フフッフッ」

「うちも、独りでいて、こうして会えるんだつたらいいんだけど――」

「君への義理だてで、やもめ暮しを続けている訳じやないんだがね、こういうことだけは云えると思うね。面と向つてではへんだが、君と別れた訳は大体が貧乏だつたからなんだね、三十円で世帯をもつてみて、コリコリしたからだね。で、君と貧乏故に手を切つたのだから、二度と貧乏世帯というものは持つまいと誓つた。そののちも、芸者に迷つたり、ダンサーにひつかかつたり、いろいろあつたが、いつもあとずさりしてしまつている。袋をかぶつた猫みたいにね。つまり、貧乏というやつが、宿命みたいに離れなかつたので、二度と世帯と名のつくものが持てなかつた。持つ勇気が出なかつたという方が本当かも知れない」

「今はどうなの。書く方でどうにかやつて行けるの」

「まあ、どうにかね。でも、そこいらの会社員ほど身入りもないね」

「でも、食べるだけはあるんでしよう」

「何しろ、一人口だから。でね、君は、俺に女房や、子があつたら、どうだつたね。はるばるやつてくる気になつたかね」

「それはくるわッ。奥さんがあるのなら、知れないように会う工夫するわッ」

「でも、そんなものがなくて恰度幸いというところだろうね」

「そうね。わたし、あんたとこへきてもいいか、どうか、ききにきたの」

「俺のところへ。但馬の方を止めにして」

「そうなの」

「だしぬけだね。何んとも返事は出来ないね」

「そう、そんなら、それでいいの」

と、民枝は、ぷいと、金鶏を一本抜きとり薄い口元へ挾んで火をつけた。

「昔のうちなら何んだ、かだと、ここで口説きたてるところだけど」

と、さり気ないようなせりふであつた。私のこころも、あッというような、心の弾みは更に覚えなく、ざつと七年目に医者と別れた女が、又それ位の年月を但馬の男と暮してみて、しびれをきらしかけているのだ、と、相手を横目で見直すばかりであつた。

「今もいつたように、俺の貧乏は骨がらみみたいに、終生離れないような気がしているし、永年のやもめ暮しで、女がなくてもどうにかしのぎをつける、タコのようなものも出来てしまつているんだね。いいことか、わるいことか、自分でも解らないが、そんな塩梅で、こののち共、女房というものは持たず、一生を終りそうに思うね。早い話、女の肌になんか、ここ五六年、一度もふれたことはないのだが、それを別段どうこうと――」

「あんた、へんに、としをとつちやつたのね」

「まあ、そんなところかな」

「好きな女はいないの」

「そんなものもないね。かなわぬ恋なんかにも、一寸疲れた形だね」

と、私は言葉を濁すようであつた。十年この方、忘れられずにいる女は、目下、私の財布などでは思いも寄らない、東京築地の待合に女中奉公をして居り、そこの勝手口へ、押しかけるような振舞いも、気うといとしているようであつた。

「それに、第一、俺には中気という遺伝があるんでね。お祖父さんが中気、お袋が中気、お袋のしもの世話を、三四年したので、中気という病気がどんな因果なものかよく解つているし」

「中気――そう。少し太り出したのがクセ者ね」

「ロクなものを食つてはいないのにね」

「中気と云えば、うちの親爺も、両親揃つて中気で死んだの。それなのに、親爺は、毎晩でも飲みたがるの。焼酎でも、アルコールでもなんでもね。中気に酒はよくないつて、いくら云つてもきかないから、この頃じや、勝手にのむならのむがいい。うち、腰が抜けても世話なんか、真ッ平だ、とつけつけ云つてるの」

と民枝は身をそらし、両手をふるようであつた。そんな彼女の前には、当然のことながら、私という者も、同じ穴のむじなに相違なかつた。私としても、日頃、病気を引起さない前、ひと思いに体の始末をつけるが上分別と、覚悟しているつもりであつた。よしんば、心置なく、みとりしてくれる手が、幸いあつたにしても、一度倒れれば、三年、五年、永ければ十年も、床の中でのたれ流しを余儀なくされる業病であり、又そうしてのけても、はたに大した迷惑も後くされも残さない、身軽至極のような身の上でもあつた。とは云え、おいそれと死にきれない、凡愚の迷いは中々かたづきにくいようであつた。

風呂敷包から、芋をきざんで、干したのを出し、二人はぽりぽりやり始めた。

「君の、お父つあんは達者だそうだが、もういいとしだろうね」

「七十一になつたわッ」

「まだ、働いているの？」

「ええ、まあね。前から関係していた土地会社に出ているの。としだし、小使に毛の生えたようなこと位しかやつていないようだけど、この頃、社宅を日本橋の焼のはらのまん中にこさえて貰つてね。弟と一緒に住んでいるわッ」

「弟さんも、もうすつかり」

「三十三だわッ。子供が三人もあるわッ。矢張り父と同じ会社に出ているの。運というものは解らないわね。弟の細君、色が黒く、一寸びつこで大へんな女なんだけど、実家がね、俄成金になつちやつて、そのおこぼれで、弟の家も大へん景気がよさそうなの。今度うちが行くについても、何ももつてくるな、食うものの心配などいらないつて、いつて来るような景気だわッ」

「何か、闇で当てたんだね」

「おつ母さん、疎開したなり、ずつと但馬にいるの。もう腰が曲りそうになつたけど、うちが外へ出ている時が多いから、台所のことや、子供の世話で忙しいの」

「子供つて幾人」

「一人なの。五つになつたわッ。親爺が、うちを入れるについて、前の女将さんに、大きな方の子を一人つけて出しちやつたの。そのひと、今城崎で遊び人の妾をしているそうだわッ。うちの子は、うちがきた時は二つになつたばかりだつたの。ミルクが薄ければ薄いで腹をこわすし、濃ければ濃いでくだしてしまうの。親の乳でない乳で育てるのは大変なものよ。この頃じや、そんな手間はいらなくなつたけど、この子がちつともうちになつかないの。おつ母さんには、おばあちやんなんていつて、よく甘つたれるんだけど、うちにはへんによそよそしいし、うちも、自分の腹を痛めた子でないだけ、どうしても、こみ上げてくるような愛情が湧いてこないの。うち石女のせいか、子供というものは昔から嫌いで、犬の子なんかの方がよつぽど好きだつたけど、あの子もまあ、飼つて置くというだけね。あの子をたよりにするような心持ちには到底なれないわッ。それに、今は城崎でおとなしくているそうだけど、遊び人の妾をしているひとが、いつ町へきて、あの子に智恵をつけるようなまねを始めないとも限らないでしよう。そんなこんなを思うと、但馬の国に居る以上安心して、あの子を育て上げることも出来ないような気がするの」

「自分の子でなければなんといつてもね」

「うち尻の軽い女だから、石女なのか。石女なのだから尻が軽く出来てしまつたのか、どつちがどつちだか解らないけど、我が子がないというものは、根なし草と同じなんだわッ。この頃、しみじみそう思うわッ」

「うん――」

「あんたじやないけど、いつそ早く切り上げてしまつたのかも知れないわッ」

「まあ、まだ、君は若いんだし御亭主は物解りのいい人間らしいし」

「物解りがいいんじゃないの。うちのすることなすこと、口出しするのが面倒くさくつて、勝手にさせて置くだけなの。としも、あんたと同じだけど、山の中の運ちゃんでは、女心なんか解りはしないわッ」

「人に多くを望むということは間違つてるようだね」

「大体、諦めて、せいぜい好きなように振るまつているんだけど」

「山陰はどう？　関東とは随分違つているだろうね」

「ええ、今月あたりから、来年の五月頃まで、お天道さまをみる日は数えるほどしかないわッ。毎日、雨か雪なの。山もこの辺と違つて、緑の軟かな、丘がそのまま高くなつて行くような様子なの。但馬でも、あの辺は、田圃も広いし、海岸も近くで、たべるものは豊かなんだけど、京都あたりから、わんさ買い出しがきて、米も一時百円からしたことがあるわッ。運ちゃんの月給だけでは、どうしてもやつて行けないわッ」

「君も稼いでいるんだつてね」

「ええ、今年の正月なんか。お米がなくなつてしまつたので、四日から、親爺の手に入れてきた地下足袋を売りに行つたの。雪が深くつてね。それに、あのへんは少し山に這入ると、家がぽつん、ぽつん、飛び離れているの。雪の小山のように、屋根まで雪がかぶさつてしまつて、入口に目じるしの棒がたつていて、それで、その家がやつと解るという風なの」

「空襲はどうだつたね」

「大したことなかつたわッ。あの戦争中、たつた一度、Ｂ29が町の上を飛んで行つたことがあるつきり」

「ほう、そりあ、よかつたね。俺なんか、父島まで行つて、既に命のないところだつたんだが」

風呂敷包の中からひつぱり出した握り飯に、食べのこりのふかし芋、民枝が二人前注文した魚や野菜の天ぷらに吸もの、そんなものを次々口に入れた。向う隣りの年寄り達は、重箱へ、いろいろな御馳走を用意しているようであつた。

「俺は、復員後、天ぷらなんか食うのは、これで二度目だ」

「そう」

昭和初年としても、東京で二人三十円では、牛鍋を食いに行くのさえ、思うにまかせなかつた苦さがちらりと思い出されたりした。

「これからどうするの」

「そうだね。雨も、大分、小降りになつてきたようだから、もう一度、湯に這入つて出かけるか」

「小田原へ行くの。うちは、ゆつくりしてから、東京へ行きたいんだけど」

「どこかへ泊つたりすると間違いでも起す心配があるしね、御亭主に済まないからね」

「そんなこと」

「小田原で、晩めしでも食つて別れようよ」

「あんたの小舎へ行つてはいけないの。お米は持つているし、牛肉でも買つて行つて」

「そんなところじやないんだよ。台所もなければ、水道も、便所もありあしない。芋やなんかの煮たきは、貸してある家の女将さんにやつて貰つているんだ」

「じや、自炊しているつて訳でもないのね」

「無精者で、そんな手豆なことが出来る柄じやなし。がらんとしたトタン張りの物置小舎に、赤い畳が二畳敷いてあるだけさ。電燈もありあしない。前は、蠟燭つけていたが、蠟燭も、馬鹿高いものにつくから、止めちやつた。月のある間は、月の光りで床なんかしくし、まつくらければ、手さぐりでどうにか恰好つける」

「これから寒くなるのに、体をこわしやしない。そんなところで」

「まあ馴れつこだし、人間気の持ちようだし、はたでみるほどでもないよ。あかりもなきあ、あたる炭火もなければお天道さんの沈むと一緒に寝てしまうまでさ」

「でも、一ぺん見て置きたいわね」

「飛んだ粋狂だよ」

「近所の目があるので、うちをつれて行くのがいやなんでしよう」

「そんな馬鹿な。きたつて、お茶一つ出せないところなんだ。ま、湯に這入つてこよう」

三度目の湯から出てくると、民枝は身仕度にかかつた。縫紋のある黒つぽい、錦紗の羽織に、棒縞のお召、帯も帯締めも中々こつたものであつた。彼女のいうところでは、それ等の着物は、医者の所にいる頃造つたものだそうで、そういえば、三十八の女が着るものとしては、どこか派手過ぎるようであつた。飴色の櫛を二本さし、そんなに荒れてもいない、すんなりした指に、石の這入つたものを二つはめ、すつと立ち上つたところは、上背のあるところから満更見栄えがしなくもないようであつた。

玄関わきに置いた、破れ傘は、再び用をなさなくなつて居り、雨も殆んど上つていた。

湯本の駅に来てみると小田原行に一寸間があるようであつた。二人はプラット・ホームの隅に立つたなり、所在なさそうに、あまり口数もきかなかつた。

雨は全く上つて、手前の山に、赤松の幹が冴え冴えと艶をつけ、空には雲切れがして、双子山の丸い山肌が、くろぐろと現れてきた。

「もつと、上の方へ行つてみようか。天気になつたから」

私は気紛れそうであつた。

「いいわッ」

「どこかの温泉宿に泊ることになるが、君は一人で泊まるんだよ。俺は夕めしでもくつたら、すぐ下りてきて、翌朝迎えに行く、それでいいね」

民枝は、軽く頷くのである。そんな仕打の無理なことを、昨夜も眠れないままに考えて、外にいい智恵はと、いろいろ惑つたのであつたのだが、こだわりなさそうな相手の顔に、一寸肩すかしくつた、と早合点だつた。

まだ、青い、山々をぬつて、登山電車はいくつものトンネルをくぐつた。くされかけた、あじさいの花が、ところどころ線路わきに並んでいた。深い谷間から、絶えず雲がわいて、すいすい空へ消えていた。血のように色づいた紅葉が、ひと枝電車の窓にかかり、みる目を奪つたりした。

宮の下の駅で下りた。トランクを担ぐ私と、両手に風呂敷包をぶら下げる民枝が、坂を降りきつたところで、進駐軍の兵隊のカメラにつかまつた。こつちが、苦笑すると、先方は一寸手を上げるようなしぐさであつた。

谷に雪崩れる斜面へ、しがみつくようにして並ぶ屋並の左手に、瓦屋根の重なり合う、大きな旅館が見えてきた。旅館の台所口には、古風な縄のれんが下げられてあつた。私が足かけ五六年、魚屋として、毎日のように、くぐつた懐しい場所であつた。そこを過ぎると、庭先きに、朱塗りの橋のある、宏荘なホテルであつた。ハイヤーやジープが軒下や木蔭に置かれ、眼を射るようなワン・ピース姿の女などもちらほらしていた。

それと、これとは、較べものにならない、往来に面した、二階建ながら、こわれつぱなしの窓ガラス障子、玄関口の扉も、片方はガラスの代りにベニヤ板で間に合わした、ひどくむさくるしそうな旅館に、私はつかつか這入つて行つた。半坪ばかりのたたきには、泥だらけの兵隊靴、地下足袋などもぬぎぱなしになつて居り、階下へ降りる暗い梯子段から、鰯のこげつくような匂いがしてくるのであつた。贓てよごれた、割烹着姿の女将さんが現われ、中年者らしい無遠慮さでジロジロ私をみるのである。下げている鞄の中のものでも売りつけにきた、闇屋とでも思つているらしいもの腰であつた。

味噌や醤油を、用意してなければ、とことわられ、大きな紙幣一枚より用意してない懐には、恰好な旅館と思つていた家をプリプリしながら出て行つた。民枝は私の口下手や、すぐ喧嘩腰になつてしまう子供つぽさを、手もなく非難するようであつた。

「あんたは、いつも、喧嘩ばかりして生きているような人ね」

「この頃は、段々腰が低くなつてきたつもりだが」

「交渉に行つた先きで、ことがまとまらなくつても、向うに花をもたせるようにして引上げなくちや一人前じやないわ」

「俺には、そんな芸当はむずかしい」

「いくつになつてもね」

「今度は、君一つ、かけあつてくれ」

浮世絵、錦絵、七宝の花瓶、そんなもの並べる大きな店先きなどを過ぎ、西日にまどろむ谷間を正面に、高い橋を渡り、旅館の前を過ぎたりして、道は間もなく、左手は断崖、右手は溪流を見下ろす日陰になつた。路ばたに、掘建小舎のような建物があり、軒先から白い湯気がのぼつていた。雨上りで、溪に水かさまして、岩間を滑る流れの音が、高々ときこえていた。

「あの木ね」

と民枝が指した、水際の一本の枝には、鎧のように行儀よく葉つぱが並んで居り、共々に黄色い光を吸いあつめていた。

「いい工合に葉が揃つているわね。あれなら、ムラなく日をうけられる。美しいわッ」

「何の木かね」

「何の木かしら」

崖にかかる小さな滝を過ぎると、斜面を切り開いて、三段に棟を並べた旅館の前にきた。黒いペンキ塗りの屋根の、木口なども古く、珍しい、和紙をはつた障子が、しつとりと部屋々々に眺められるような家であつた。往来に面した、二階の廂先には、紅葉祭などと染め出した小さな提灯が、ひつそりと並んでいた。

「落ちつきそうなうちだね」

「ここにしましようか」

民枝が先に這入つて行き、間をみて私が玄関先に立つた。しるし半纏を着た、若い番頭が二人の先きに立つた。階段の入口には、小田原提灯をぶら下げた、昔風な山籠が飾られてあつた。通された部屋は、八畳二間続きであつた。横手に狭い庭があり、窓の下を山水がひと筋流れていた。庭の突き当りには、藁屋根の一棟がたち、落葉のつもつた小さな門が、色づきかけた紅葉の木の間がくれにみえた。廊下からは、上の方だけ日のあたつている、明星ヶ岳の山襞《やまひだ》が手にとれそうであつた。

「十五六年ぶりであつたのだから、この位の舞台装置でなくつちや」

民枝は、気にいつたように、あたりを眺めるのであつた。

「俺には、何んだか勝手違いのようだ。矢張り、ゴミゴミした温泉プールのようなところが、性に合うかね」

「あすこは、あすこ、ここは又ここだわよ」

「勘定の方は頼むよ」

「ええ。いいわ。ふだん、まつくろくなつて働いているんだもの。たまには、こんなところへきたつて――」

「こういうところへは、昔、台所口から出這入りし過ぎたせいか、どうも落ちつかないな。客となつて、上りこむなんて、勝手違いの感じだ。台所の隅つこで、女中や、めしたきと一緒になつて、お茶漬をかつこみ、客の食いのこしたものなんか、ひつぱりつこして、大きくなつた人間だからね」

「とんだ、里心ね」

「いつそ、山奥の、藁屋根で、天井なんか、まつくろく煤けて、湯殿にもランプがつき、戸のすき間から、雪でも舞いこんでこようというような温泉場には行つてみたいな、と思うことがあるね。但馬あたりには、そんな、田舎々々した温泉宿はないかな」

「駄目ね。近くの城崎にしたつて、三階四階という建物が軒を並べていて」

先ず一風呂ということになつた。階段をいくつも下り、ガラス障子をあけて、ぬいだものを籠に入れ、又障子をあけて、足を入れた湯殿は、ここの構えと似合う、湯船も流しも、タイル一枚使つてない木造りであつた。湯船からは、ひたひたすきとおつたものが流れ出していた。湯は思つたよりぬるかつた。

民枝が這入つてきた。身一つになり、手拭で前を隠し、うつむき加減に、細い眼をなくしたようにして、

「もう、駄目よ。姦淫したも同じよ」

と、それとなく駄目をおすようであつた。私は苦笑いであつた。

「そこの障子はあけて置け」

「外の方のもあけてきましようか」

少し間をとり、二人は湯船の中に、永々と手脚をのばすのであつた。あさ黒い、民枝の体は瘦せ、胸のあたりは板のように薄く、はり気味の肩先など痛々しいようであつた。この頃、無気味に、脂肪をました私の五体の、殊に下腹部あたりは、いやにそれが目立つようであつた。湯船の縁に、頭をのせた二人は、しんとしたような顔をしていた。日のかげつた窓には、ガラス戸が二寸ほどしめのこされ、そこに、外の景色が挟まれていた。

夕飯の箸を置くと間もなく、

「じや、俺は、帰るからね」

のぞきこむと、表情に乏しい民枝の平たい顔は、ぴくりともしなかつた。

「あした、朝、早くくるからね。きつと迎えにくるからね」

噛んで、含めるように云うと、民枝の高い鼻が、何かすすりこむような音をさせた。反射的に、これはいけない、と思うより早く、中腰になつて、

「ね、待つておいで」

嘗ての日、置き手紙を一本残したきりで、大きな包を下げ、借りていた六畳を逃げ出し、その脚で、急行電車に乗りこみ、小田原まで逃げて行つた。前科といえば前科のようなものをもつ私を、今度はそうはさせないと云うように、民枝は追いかけ、次の間の壁際で、ぐいと私の上着の袖口を摑むのであつた。魚を背負つたり、大きな薪を担いだりすると云う女の力は、非力な私には思いの外であつた。

「解つてくれ。俺だつて、君が誰のものでもなく、一人でいる女なら、そんなこと問題にしやしないんだ。だが君はそうではない。御亭主がある。その人に済まない。義理知らずにしないでくれ」

「義理、義理つて何さ。そんなことどうでもいいじやないの。それより、あんた、あとでうちが云いがかりの種にでもしやしないかと、それが心配なんでしよう」

「それもある」

「そんなら、御心配御無用だわッ。うち、そんなこと、とつこにとつて、だだをこねてみたり、ゆすりがましいことをする女じゃないわッ、それに、親爺だつて、うちが昔のひとに、あつてきたつて、いつたつて、どうのこうのと立ち騒ぎするような人間じゃないわッ。その位なら、始めから、うちを出しや、しない」

「それは、それとして、俺の気持がすまない。ひとのもちものをけがすようなまねはしたくない。俺を義理知らずにしてくれるな。帰してくれッ」

「ま、もつと声を小さく――」

「湯本から小田原へ行つてしまや、こんなことにならなくても済んだんだ。あの時、君がうんと承知したから、こんなことになつちやつたんだ」

「うんと、ただいつただけよ。小田原へ行つたにしろ、そのまままつすぐ東京へ行くと思つているの。ね後生だから帰らないで。義理々々つてあんた、うちによつぽど義理がある筈だわッ」

「それも知らなくはない、とまつて行きたいさ。でも、とまつて行けば、どうしてもそうなる。目に見えている」

「一緒にとまつたつて、必ずしもそうなるとは限らないじゃないの。意思が弱いからだわッ」

「意思が弱いッ？」

「そうよ。そうなるまいと思えば、そうならずに済むわけだわッ。うちだつて、何も役者買いにきたんじゃなし、そんなことどうだつていいんだわッ」

「本当にそうか。間違いあるまいな。きつと」

「大丈夫よ」

「よし。じや、泊つて行く」

やつと、壁際を離れた。私の顔の色もなくなつているようであつた。上着の肩のあたりに、白つぽくとつついたものをはたき落しながら、

「あんたをこんなにひきとめる、うちの方が、よつぽど、義理知らずだ――」

と、民枝は、しぼつたような、半泣きの声をもらすのであつた。

もとの部屋に帰ると、私はテーブルの前に大あぐらをかき、依然として顰めッ面であつた。

「色気がない」

隣りに腰を下ろし、

「本当に色気がない」

民枝は溜息まじり、私の生野暮を、たしなめるようであつた。ついでに、言葉をつづけ、

「昔のうちは、あんたの気にさからうようなことは何ひとつ出来なかつた。いつも、おどおどしながら、あんたのいうことをきいていて、一度、あんたに手をあげたときだつて、顔から火が出るようだつたわッ。でも、今は、うちも変つた。あんたの云う通りになる女じやないわッ」

居直り気味である。つい、二人の間に、底冷えのようなものが、それとなく立ちはだかるようであつた。

「湯に這入つてくる。床をしくように云つて置いてくれ。俺は、ゆうべ、まんじりともしなかつたんだから」

子供つぽく口を尖らし、私は手摺りの手拭をとりに行つた。

「今から、すぐとは、随分早いおひけねえ」

民枝は、痛いというように、言葉じりをつまらせるのであつた。

湯殿に、私が脚を入れるより早く、体を丸めて、にやつとしたような民枝が、おつとり刀というところであつた。

上つてくると、隣りの八畳に床がのべられてあり、私は二つの床の間を広くしなおして、すぐもぐりこんだ。銘仙の掛け蒲団一枚では、何かしら心許ないような空気であつた。

民枝も上つてきた。

「山だな。夜は冷えるね」

「そう」

「寒いよ」

「寒い？」

いうと、彼女は、もみうらのついた羽織や、棒縞の着物、着かえた洗いざらしの袷まで、私の上にかけるのであつた。そうする女の顔は、慈母か何かのような気高さにみえた。私は、口のうちで何やらうめきながら、急ぎ掛け蒲団の下に顔を隠した。

ぐっすり、眠って、眼が覚めると、あたりはまだ薄暗く、溪川のせせらぎがしのび寄るようであった。民枝の寝顔も、ほの白く眺められた。気合いを察してか、彼女は睫毛の薄い細い眼をあげて、縋るように私の方をみた。

「よく眠れたかね」

「寝つきは一寸悪かったけど、しまいには眠れたわ」

「よかったね」

私は小用を足しに行った。帰ってきて、

「寒いッ」

と、床にもぐりこむと、

「寒い?」

と、いって、いきなり、両腕を泳ぐようにしながら、民枝がこっちの床へ這入ってき、私の頭をかかえこみ、額のところへ、唇を押しつけるのであった。私も女の唇にふれてみた。

「ありがとう」

と、民枝はかすかに頷くのであった。彼女の節々をならしながらの抱擁に、屍体のように硬直した体もゆるみ出すようであった。私も、細い、子供のそれのような彼女の首玉へ両手を廻して、しめつけるようにしたりした。

「どうだ。だしぬけに但馬に行き、一緒に死んでくれと云つたら、死ぬか」

いつかは、自分から、死んでのけるつもりの私では、満更根も葉もないことと云えなかつた。

「死ねない。親が泣くわッ」

「うん――」

「あんた、子供ねッ」

「親も、子もない、天涯の孤児だ、といいたいよ」

感傷的に、私の頭は益〻乱れて、心細いようなことをあれこれ云いたて、知らず相手の袖をひくような塩梅であつた。

「お袋がね、目をつぶるずつと前、お前は小舎の中にひとりでいて寂しかろうから、わたし、死んだら、お化けになつて行つてやる、といつたことが、二三度あつたけど、ちつともきてくれないよ。待つているんだけど、お化けも出ない」

「そんなこと云つたの。矢張り親ねえ。うちも地蔵横丁で、あんたのおつ母さんには、たしか一度あつた覚えがあるけど、眼のうらが熱くなるような出遇いだつたわッ。あんたには内緒にしろ、とうちにお小遣いくれたわッ」

「中気で十年近く寝ていて死んでしまつた」

「あんた、自分ながら、よく出来た、とほめてやりたい位、しもの世話もしたというから、心のこりないでしよう」

「心のこりはない。でも寂しいよ。お袋に死なれて、本当にひとりぽつちになつたような気がする。殊にこの頃はいけない。十分馴れつ子になつている筈だが、木の葉の散り始める、秋口はまいるよ。小舎の中で、夜中眼がさめ、気がつくと泣いているんだね。小さい時、可愛がつてくれた、お祖母さんを、夢にみて泣いているんだね。五十近くになつた人間が、夢からさめて、泣きッ面でお祖母〳〵といいだすんだ」

「ね、あと五年たつと、うちの親は死ぬでしよう。そうしたら、一緒にならない?」

「五年たつて?」

「そう——」

「——駄目だ。その前に、こつちは腰が抜けてしまうかも知れないよ」棒でも呑んだような呻き声であつた。

聽て、障子が白んできた。

カラッと、晴れ上つた、秋日和であつた。

登山電車で、山をくだり、町端れで降りて、水のきらめく早川の土堤づたい、海の方へ歩いて行き、私の幼時は五厘の橋銭をとつた覚えのある、今はコンクリートの橋を渡つて、早川の部落に這入つた。まだ、そんなに色づいていない蜜柑の段々畑をうしろにした観音堂はついそこであつた。参詣人に一束五銭の線香を売り、茶など出す婆さんが居て、私は、三日に上げず、散歩がてらにやつてくるのであつた。湯ぐらいは近所で貰えても、茶の用意はないので、それを飲むのが大体の目的で、藤原期の作といわれる、尺余の観音像に嘗て手を合わせたこともなく、線香ひとつ買つたためしもなかつた。建物は、屋根がトタンに換えられただけで欄間などは虫がくい、柱の漆喰もはげ落ちて、古風な絵馬や、塵をあびた千羽鶴など、堂内にぶら下つているのも、一寸世離れした趣きであつた。

民枝も、ここは昔馴染の場所であつた。私と出来て、名古屋へ、突つ走しる前、町のカフエで働いていた時分、公休日と云えば、よく友達などと、脚をのばしたところであつた。

縁台《えんだい》に並んでかけ、茶をのみながら、

「あの頃は、いなりずし、のりまき、おせんべい、駄菓子、なんでもあつたわねえ」

「そうだつた。君と一緒に、ここで買つた寿司を弁当にして、磯の方へ遊びに行つたこともあつたつけ」

「そんなことがあつたかしら」

「三月頃だつた。生暖かい風がふいていた」

「ここは、大して変らないわね」

「戦争からこつち、段々おまいりがなくなるつて、婆さんこぼしているよ」

旅館で作つてくれた、握り飯などほおばり出した。

「これ、三つでたつぷり二合あるわッ。あすこでたべた時は、二度とも御飯が少かつたけど」

「お客の米をはねて女中や何かに廻すんだね」

「そう云えば、昨日、うちがお米渡そうとした時、袋をのぞきこんだ、女中さんの眼つてなかつたわッ。まだ、ほんの、おぼこい顔した、田舎娘なのにねえ」

「人間は、環境次第だ、ていうやつか」

握り飯を、たべ終わると、民枝は芋をきざんで干したものを並べ始めた。

「もう沢山、それに、こいつ、俺には苦手だよ。まるきり、奥歯がなくなつちやつているんでね」

「そう、じや、もつて行つて、近所の子供にでも上げるといいわ。それから、お米——」

五合ばかりの米と、芋のきざんだのを、民枝は小さな風呂敷に包んだ。

「こんなに貰つちや、東京への土産が減つちまうじやないか」

「いいの。昨日も云つたように、食いものなんかの心配はいらない、五千円電車の中で落したの、砂糖を買つたの、なんのといつて寄越しているところだから」

それでも、彼女は城崎あたりで見付けた、模様入りの小箱などを用意していた。父親へ渡す母親からたのまれものも、しまいこんでいるようで、二つの包みを一つになおしたり、こげ茶色の被布をひつかけたりして、民枝はそろそろ立ち仕度であつた。

「暗くなつて着くより、日のあるうちに行つた方がいいね。東京は何しろ、夜になれば、まつ暗だからね」

「そうね。荷物はこんなにもつているし、電車の、乗り降りも大変だし」

「日本橋といつたね。どのへんなの」

「うちも一度行つたことがあるだけで」

と、民枝は詳しくは、肉親のところを明かさなかつた。

観音堂から、畑一つ越えれば、駅のプラット・ホームであつた。東京までの切符を買つて手渡しするとにつこりして、彼女は帯に挾んだ。

野天のホームは、小砂利がキラキラし、列車を待つ人も、三三五五、黒い影法師を落して居た。昨日復員したばかりのという恰好のもの、中には、つぎの当つたモンペ姿の若い女もまじつて、彼等はめいめいふくらんだリュックサックや、大風呂敷包みを傍に置いているのである。中からつかみ出したまだ青い蜜柑を、むしやむしやり始める。ほこりつぽい顔した、中年の女もいた。

民枝は憚るように、ホームの端れの方へ歩いて行つた。南は、穂を垂れかけた黄色い田圃や、ペンキ屋根を越えて、すぐ海であつた。帆影も、蒼い海面に、点々と浮いていた。吹く風に、唐もろこしの重い頭が静かに動いたりした。

「十五六年ぶりの、思いがかなつて本当にうれしいわ」

「かえつて、厄介をかけたね」

「うれしい一日だつた」

そう、持ち前の、かすれた言葉で、云うわりに、彼女の顔つきは、浮いても、はずんでもいなかつた。

「今度は、いつこられるかしら」

「東京には、お父さんもいることだし、又くるんだね」

「そうね、二年に一度位は、出てこられると思うわッ」

「二年に一度ね」

「こうして、会つたんだから、今度は、もうあんたが死んだのも知らないでいるようなことはないわね」

「まあね」

汽車がきた。両方の手に重いものを下げた民枝は、顔をほてらしながら、ずんずん中へ割りこんで行つた。座席の間にようやく膝だけ入れたが、手のものの置き場所は容易に見当らないようであつた。汽車が動き出した。鼻がつまつたような顔をして、民枝は幾度もうなずくのであつた。

ポケットに、両手を突つこんだまま、ぽつねんと、私はうつろな眼色で、汽車の行く方を眺めていた。暫くして、窓から上半身を乗り出すようにした、民枝らしい影が、黒く小さく見えた。

東京で、父親と、芸術祭の歌舞伎などみたり、何かして、一週間ばかり遊んで、但馬の方へ帰つた、という手紙に私は返事を出さずにいた。すると、追つかけ、こつちの不実をなじつて、

悪く気を廻したような文句の到来であつた。これにこたえ、
——世間には、義理ある子を育て上げ、よく老後をみて貰つている親もないではなし、せつかく努力して、山の町に根をおろすよう、そして明日のない自分のような人間のことはぷつつり忘れてしまつてくれ、と、そんな一種絶交状のようなものを書いて送つた。

——二十二年九月——

〔1957（昭和32）年1月『浮草』初刊〕

# P+D BOOKS ラインアップ

魔法のランプ　澁澤龍彦
● 澁澤龍彦が晩年に綴ったエッセイ29編を収録

虚構のクレーン　井上光晴
● 戦時下の〝特異〟な青春を描いた意欲作

マカオ幻想　新田次郎
● 抒情性あふれる表題作を含む遺作短編集

浮草　川崎長太郎
● 私小説作家自身の若き日の愛憎劇を描く

街は気まぐれヘソまがり　色川武大
● 色川武大の極めつけ凄観エッセイ集

こういう女・施療室にて　平林たい子
● 平林たい子の代表作二編を収録した作品集

（お断り）

本書は1957年に大日本雄弁会講談社より発刊された単行本を底本としております。あきらかに間違いと思われるものについては訂正いたしましたが、基本的には底本にしたがっております。また、一部の固有名詞や難読漢字には編集部で振り仮名を振っています。

本文中には女給、女工、女中、妾、びっこ、石女、気違い、下女、中気、床屋、娼婦、百姓、乞食、業病などの言葉や人種・身分・職業・身体等に関する表現で、現在からみれば、不当、不適切と思われる箇所がありますが、著者に差別的意図のないこと、時代背景と作品価値とを鑑み、著者が故人でもあるため、原文のままにしております。差別や侮蔑の助長、温存を意図するものでないことをご理解ください。

川崎 長太郎（かわさき ちょうたろう）
1901（明治34）年11月26日―1985（昭和60）年11月6日、享年83。神奈川県出身。私小説一筋の生涯を貫く。1977年、第25回菊池寛賞を受賞。1981年、第31回芸術選奨文部大臣賞を受賞。代表作に『抹香町』『女のいる自画像』など。

## P+D BOOKS とは

P+D BOOKS（ピー プラス ディー ブックス）とは
P+Dとはペーパーバックとデジタルの略称です。
後世に受け継がれるべき名作でありながら、現在入手困難となっている作品を、
B6判ペーパーバック書籍と電子書籍を、同時かつ同価格で発売・発信する、
小学館のまったく新しいスタイルのブックレーベルです。

# 浮草

2024年3月19日　初版第1刷発行

著者　川崎長太郎
発行人　五十嵐佳世
発行所　株式会社　小学館
〒101-8001
東京都千代田区一ツ橋2-3-1
電話　編集　03-3230-9355
販売　03-5281-3555

印刷所　大日本印刷株式会社
製本所　大日本印刷株式会社
装丁　おおうちおさむ　山田彩純
（ナノナノグラフィックス）


ISBN978-4-09-352484-1

P+D BOOKS